Bordesholmer Edition

Bd. 8

Zu diesem Buch

In dem Erzählungsband „Doppelbilder" werden vier Begegnungen jeweils zweimal aus unterschiedlicher Sicht erzählt. Es ergeben sich ganz unterschiedliche Geschichten, je nachdem, ob sich die Frau oder der Mann an das gemeinsam Erlebte erinnert.

Zwischendurch, als „Gastspiel" eingefügt: Empfindungen dreier Personen beim gemeinsamen Saunagang, dargestellt durch ihre inneren Monologe.

Zum Autor

Hartmut Wiedling, geb. 1940, Professor für quantitative Betriebswirtschaftslehre an der FH Kiel, trat 2003 in den vorzeitigen Ruhestand, um sich der Schriftstellerei zu widmen.

Nach zwei Romanen ist dies sein erster Erzählungsband.

Hartmut Wiedling

DOPPELBILDER

**Vier Paare, acht Geschichten
- und ein Gastspiel -**

INHALT

DER PRINZ UND DIE KLEINE TÄNZERIN

DER PRINZ

Es war meine erste Saison.

Saison ist immer, wenn im Sommer die Schüler vom Kontinent in die Feriensprachschulen kommen. Franzosen, Spanier, Italiener, Griechen, Schweden und ganz viele Deutsche sind dann am Strand. Überwiegend Jungen.
Wir, das heißt meine Freundin und ich, schlendern am Strand im Bikini an ihnen vorbei. Hübsch frisiert, mit Löckchen, barfuß, die Schuhe in der Hand, kichernd, wenn uns einer besonders auffällt. Neugierig folgen uns die Blicke.
Von Spaniern und Italienern kommen lockende Zurufe, aus denen wir Sprachfetzen wie „amor" oder „amore" heraushören. Die Deutschen sind zurückhaltender. Wenn überhaupt, dann rufen sie „Hallo Baby" oder „I love you". Die schönen Griechenknaben dagegen beachten uns nicht.
Ich bin erst vierzehn. Gerade Frau geworden. Nicht mehr wie letztes Jahr, als ich mich noch schämte, ein unreifes kleines Mädchen zu sein, weil ich noch keine Regel bekam. Aber hat das wirklich etwas geändert? Eigentlich nicht.
Trotzdem fühle ich mich jetzt anders. Ich bin im Markt. Auch wenn mein Busen noch ganz klein ist und die Schamhaare erst anfangen, zu wachsen und noch gar nichts verdecken. Immerhin, ich könnte jetzt Mutter werden. Bin also eigentlich bereits erwachsen, nicht mehr Kind. Und da ist plötzlich das Gefühl ganz anders, wenn die Jungs mir nachschauen. Ich will ja nicht, aber ich könnte. Und dass ich nicht will, wissen die ja

nicht. Sehen die auch nicht, denn ich tu ja so, als wollte ich. Oder will ich vielleicht doch? Wenn ja, was? Weiß ich auch nicht so genau.

Abends trifft man sich im Club. Da sage ich, ich sei 16, und man lässt uns rein. Mich, und meine Freundin Lydia auch, obwohl sie noch zwei Monate jünger und ein ganzes Stück kleiner ist als ich. Aber sie hat so wildes blondes Haar und kann so frech gucken, dass man sie für älter hält als mich mit meinen braunen glatten langen Haaren, und dem Pony, hinter dem ich mich und mein kindliches Gesicht verstecke. Es ist ziemlich dunkel und es wird getanzt. Eigentlich können fast alle noch nicht so recht tanzen. Ich auch nicht. Aber mit Lydia bringt es trotzdem richtig Spaß. Außerdem machen wir so auf uns aufmerksam. Auf der Tanzfläche wird man ja gesehen.

Eigentlich aber ist Tanzen dazu da, mit Jungen zu schmusen und von ihnen gedrückt und geküsst zu werden.

Wenn mir einer gefällt, lege ich meine Arme um seinen Hals. Der legt dann seinen Kopf an meinen und zieht mich an sich. Immer enger. Bis ich protestiere. Leider tu ich das viel zu früh. Vor allem, wenn einer an meinen Busen will und ich mich schäme, dass er noch so klein ist. Oder wenn er mir mit den Beinen zu nahe kommt. Umarmen und streicheln OK. Aber mehr möchte ich eigentlich nicht. Obwohl es mich andererseits auch wieder interessiert. Mache ich mit, finde ich es dann aber auf einmal eklig, befreie mich aus seiner Umarmung, und der Junge gibt erst einmal auf. Er versucht es vielleicht später noch einmal, bleibt diesmal zunächst etwas zurückhaltender, aber bald geht es doch wieder los wie vorher, und ich wimmele ihn ab. Danach kommt er nicht wieder. Findet ja auch leicht eine andere, die das mitmacht, was er will. Und auf die bin ich dann eifersüchtig.

Warum bin ich so? Ich gehe doch nur wegen der Jungs hin. Und, natürlich, um vor meinen Freundinnen und Schulkameradinnen zu zeigen, dass ich jetzt auch dazugehöre, Erfolg habe, die Jungs mit mir tanzen und mich interessant finden. Darüber wird dann am nächsten Tag geredet, diskutiert und gelacht. Manchmal auch schon gleich am Abend, auf der Toilette.

Wenn meine Freundin nicht kann – Lydia darf nicht so oft abends weg – verabrede ich mich mit Mädchen aus der Klasse über mir. Sie gehen schon länger in den Club und erzählen tolle Geschichten, die mich im Grunde abstoßen aber gleichzeitig doch neugierig und neidisch machen. Irgendwie bewundere ich sie, obwohl ich eigentlich nicht so sein möchte wie sie.

Obwohl es ja auch lustig und spannend ist. Vor allem was sie so während der „Saison" mit den ausländischen Jungen erleben.

Manchmal verabreden sie sich im Club zu einem ziemlich gemeinen Spiel. Ein Junge wird ausgesucht und „vernascht", wie sie es nennen. Meist wählen sie einen Unscheinbaren, nicht zu Kräftigen, Schüchternen, an den sie sich dann so eng anschmiegen, dass sie alles von ihm fühlen können – bis es ihm peinlich wird – oder auch nicht. Dann lassen sie den Armen einfach hilflos auf der Tanzfläche stehen, und eine andere stürzt sich auf ihn und macht da weiter, wo die Erste aufgehört hat. Findet er Gefallen daran, wird wieder gewechselt, dann gehen sie kichernd zur Toilette und lachen sich halb tot. Oder am Ende packt die Erste sich den inzwischen Ermutigten wieder, und das Spielchen fängt von vorne an. Manchmal geht am Ende eine von ihnen mit ihm raus – „zum Melken", wie sie sagen – und kommt erst nach einer ganzen Weile wieder.

Will ich dazu gehören, muss ich ab und zu mitmachen, damit sie mich nicht für schüchtern halten. Aber auch aus Neugierde. Eigentlich ist es ja auch lustig. Einige Jungs sind sogar ganz süß. Außerdem sind Ferien. Tolle Ferien.

Heute treffe ich mich wieder mit den Älteren. Es ist Freitag. Ziemlich voll. Sie haben gerade ein lohnendes Opfer. Einen Deutschen, der ganz ulkig tanzt. Er hält sich kerzengerade, legt seinen rechten Arm so unverbindlich um das Mädchen, als wäre es geschlechtslos, greift mit seiner Linken ihre Hand und streckt den Arm zur Seite als wäre er steif. In dieser Haltung schiebt er sie über die ganze Tanzfläche. Dabei macht er abwechselnd langsame und schnelle Schritte und landet dabei fortgesetzt mit seinem Fuß auf dem seiner Partnerin. Das ist ihm dann peinlich, und er entschuldigt sich jedes Mal. Unmöglich, mit ihm zu tanzen. Aus Spaß und Neugierde versuchen wir es alle, um herauszukriegen, was er eigentlich will. Vergeblich.

Wir beschließen, ihn zu vernaschen. Aber es läuft nicht so wie wir es uns vorgestellt haben. Eine nach der anderen holt ihn zum Tanz, legt beide Arme um seinen Nacken. Doch höflich, aber bestimmt befreit er sich immer wieder und versucht mit jeder von Neuem, ihr zu zeigen, wie er tanzen will. Keine kommt an ihn heran. Auf der Toilette schütten wir uns aus vor Lachen. Aber wir geben nicht auf. Schließlich zieht Sally, die von uns den schönsten, vollsten Busen hat, ihren BH aus, tauscht ihren Pullover mit dem dünnen engen Pulli von Linda, kontrolliert ihr neues Outfit hochzufrieden im Spiegel und dann holt sie sich den Deutschen und zieht ihn auf die Tanz-fläche. Blitzschnell, bevor er seine steife Tanzhaltung annehmen kann, schmeißt sie sich so eng an ihn, dass er gar nicht anders kann, als seine beiden nun gewissermaßen arbeitslosen Arme unbeholfen um sie zu legen, wahrzuneh-men, wie sich ihr Mädchenkörper ungeniert an ihn schmiegt und ihn in die Regeln des Clubs einführt. Als sie dann seine Hand auf ihren Busen drückt, schaut er sich erst ängstlich um, dann beugt er sich zu ihr hinab, scheint endlich doch Gefallen daran zu finden, legt vorsichtig seinen Kopf an ihren und tanzt ganz langsam „Cheek-to-Cheek".

Bravo, Sally!

Einen Augenblick zu lange sehen wir bewundernd und tatenlos zu – und ehe wir unser Vernaschspiel richtig beginnen können, hat er sie – als hätte er gewusst, was ihm bevorsteht – ganz behutsam tanzend zur Ausgangstür gezogen und sie hinaus ins Dunkle entführt.

„Congratulations!", begrüßen wir Sally, als sie nach einiger Zeit wieder auftaucht – allein.

„He was extaordinary", ist der einzige Kommentar, was auch immer das bedeuten soll. Aber sie sagt es in einem Ton, dass wir lieber nicht weiter nachfragen. Sally geht danach früher als gewöhnlich. Ob sie ihn heimlich noch trifft?

Gleich am Morgen erzähle ich Lydia, was geschehen ist, und sie will ihn unbedingt sehen. Ob wir ihn am Strand entdecken? Oder in den Felsen mit Sally?

Wir spazieren die Strandpromenade entlang, vorbei an den Spaniern und Franzosen, zu der Stelle, wo sich die deutsche Gruppe immer trifft. Da ist er. Im Gespräch mit einem anderen Jungen und dessen Freundin. Alles Deutsche. Keine Sally.

Ich zeige ihn Lydia. Er sitzt mit dem Rücken zur Promenade und kann uns nicht sehen. Um ihn näher in Augenschein zu nehmen, gehen wir am Wasser entlang zurück. Auf der Höhe der Deutschen plantschen wir mit den Füßen in den Wellen, werfen Steine ins Wasser, gehen ein paar Mal hin und her, bis wir ganz nahe bei der Gruppe sind. Er scheint uns zu beobachten. Aber er erkennt mich nicht. Vielleicht erinnert er sich auch überhaupt nicht an mich. Gestern hatte ich Jeans an und die Haare offen, heute sehe ich bestimmt ganz anders aus mit Pferdeschwanz und im Bikini.

Es ist mein erster richtiger Bikini. Noch ganz neu. Ich habe ihn zusammen mit Lydia gekauft. Wir haben lange gesucht. In den meisten sah ich aus, als hätte ich überhaupt keinen Busen. Ich war ganz verzweifelt und fast schon entschlossen, meinen Mädchenbadeanzug weiter zu tragen, der immerhin ein wenig Figur abzeichnete. Allerdings in einer so babyhaften Form, dass ich mich immer schämte und meist einen lockeren Pulli darüber trug, am liebsten, wenn es nicht zu warm war, einen zu großen dicken Pullover wie es gerade modern war. Ins Wasser gehe ich sowieso fast nie.

Aber dann hat Lydia doch noch einen süßen Bikini entdeckt, der wie für mich gemacht ist und immerhin ahnen lässt, dass ich schon eine junge Frau bin.

Und nun spiele ich, mit diesem hübschen Teil bekleidet, zusammen mit Lydia vor den Augen der deutschen Jungs am Strand – meinen Pulli in der Hand.

Er scheint jetzt auf uns aufmerksam geworden zu sein. Das genügt. Wir ziehen weiter.

Warum interessiert er mich auf einmal?

Lydia findet ihn „ganz nett". Mehr aber auch nicht. Am Abend gehen wir zusammen in den Club.

Ich kenne ihn überhaupt nicht, habe noch keine drei Sätze mit ihm gesprochen, und doch bin ich gespannt, ob er wieder kommen wird. Ich mache mir eine andere Frisur, drehe ein paar Löckchen in die Haare und kämme den Pony etwas zur Seite. Er soll mich nicht gleich wiedererkennen, schließlich habe ich ihn gestern einfach stehen lassen.

Wir sind viel zu früh. Es ist noch kaum jemand da. Auch er nicht. Und Sally natürlich erst recht nicht. Aber er könnte ja immerhin noch kommen.

Ich habe richtig Herzklopfen. Warum, weiß ich auch nicht so recht. Aber ich habe das Gefühl, als müsste heute noch irgendetwas Ungewöhnliches mit mir passieren. Lydia merkt das natürlich, sagt aber nichts. Scheint mich sogar ablenken zu wollen. Wir sprechen über Belanglosigkeiten, machen Witze über andere Jungs, aber die interessieren mich im Augenblick nicht. Ich finde es besser, mit Lydia zu tanzen. Nicht Cheek-to-Cheek natürlich, ganz locker Rock`n Roll.

Dann steht er plötzlich im Eingang, der Deutsche mit seinem Freund und dessen Freundin. Die will gleich tanzen, schnappt sich ihren Boy und lässt Sallys gestrige Eroberung allein. Er schaut sich suchend um, findet wohl nicht, was er sucht, setzt sich schließlich allein auf ein freies Sofa und wartet, bis Freund und Freundin sich wieder zu ihm setzen.

Wir haben währenddessen genau in seiner Blickrichtung getanzt. Ob er mich wiedererkennt, trotz Löckchen-Outfit? Ich setze mich mit Lydia so, dass wir ihn beobachten können. Warum eigentlich? Er sucht bestimmt Sally und hat für andere keine Augen. Das will ich sehen, wie er reagiert, wenn sie austaucht. Die aber lässt auf sich warten. Vielleicht war er doch nicht so „extraordinary" – oder zu sehr.

Einmal schaut er zu mir herüber. Aber nur kurz.

Die Musik macht eine Pause, bis jemand eine andere Platte auflegt. Man ist sich wohl nicht ganz einig gewesen, welche. Da plötzlich, mit Beginn der neuen Musik ist er mit der Freundin seines Freundes allein auf der Tanzfläche. Mann! Das habe ich im Club noch nicht gesehen. Die können ja richtig gut tanzen! Wie im Fernsehen! Blitzschnell drehen sie sich, und rasen in enormem Tempo quer durch den ganzen Raum, am anderen Ende eine rasante Drehung und wieder zurück. Und so geht es weiter, bis die Tanzfläche zu voll wird. Aber selbst dann finden sie immer wieder geschickt einen Weg durch die Lücken zwischen den anderen hindurch. Das hat nichts mit dem zu tun, was wir hier machen, wenn tanzen. Das ist ja wie Sport. Und so keuchen sie auch, als sie aufhören und sich setzen.

Sally lässt sich den ganzen Abend nicht blicken. Ich traue mich trotzdem nicht, den Deutschen zu holen.

Ich bin enttäuscht von mir, fühle mich auf einmal wieder wie ein kleines Mädchen und verstecke mich nun doch hinter meinem Pony. Schließlich verliere ich ihn aus den Augen. Auf der Tanzfläche ist er nicht. Ob er gegangen ist? Seine Freunde sind auch weg.

Ab und zu werde ich von einem Jungen geholt. Aber es ist langweilig. Ich wimmele ihn ab. Gehen will ich trotzdem noch nicht. Die ungewohnte Spannung ist noch immer in mir. Als ob ich auf etwas warte. Obwohl es ja eigentlich Quatsch ist.

Dann, als die letzten drei Tänze angesagt werden, taucht er aus einer Ecke des Raumes auf und holt mich auf die Tanzfläche. Völlig verwirrt folge ich ihm mit dem Gefühl, es beginne nun etwas, das ich von vornherein gewusst hatte. Vorsichtshalber sage ich gleich:

„Ich kann das nicht so, wie du tanzt!"

„OK, dann tanz ganz einfach mit mir wie mit deiner Freundin!"

Er legt seinen Arm um mich und zieht mich fest, aber nicht zu fest an sich. Er bewegt sich nicht und schaut mich stattdessen auffordernd an. Glücklicherweise ist es ein langsamer Song. Vorsichtig mache ich die ersten Schritte und habe furchtbare Angst, ihm auf die Füße zu treten. Aber die sind jedes Mal schon weg, ehe ich auftrete. Und überhaupt bewegt er sich immer in die Richtung, in die ich gerade will, gerade so als könne er Gedanken lesen.

Nach dem ersten Tanz lächelt er mich an. Und als die Musik wieder einsetzt, sagt er etwas zu mir, das ich aber nicht verstehe. Anscheinend will er etwas Neues probieren. Mit ein wenig Druck seiner Hand in meinem Rücken lenkt er von jetzt an unsere Bewegungen. Es ist ganz einfach, und wir bewegen uns immer schneller auf der Tanzfläche, manchmal drehen wir uns sogar dabei um einander.

Nach dem Tanz lacht er:

„Warum sagst du denn, du kannst nicht tanzen? Es geht doch wunderbar! Oder macht es dir keinen Spaß?"

„Doch, sicher, es ist sehr schön, nur …", und da beginnt auch schon der letzte Tanz.

Er führt mich blitzschnell quer durch den ganzen Raum. Wir drehen uns in immer schnelleren Kreisen. Ohne nachzudenken, weiß ich sofort was er will. Es kommt mir vor, als hätte ich schon immer so tanzen wollen und so getanzt.

„Es war wunderschön mit dir", sagt er am Ende in seinem fremden holperigen Englisch, „schade, dass jetzt Schluss ist!"

Ich bin noch schwindlig von den vielen Drehungen, als er mich zurück zu meiner Freundin bringt und mir ins Ohr flüstert: „Es muss ja nicht unser letzter Tanz gewesen sein".

Dann gibt er mir einen zaghaften Abschiedskuss auf die Stirn und geht.

In der Eile fällt mir nichts Besseres ein, als zu sagen „Das wäre schön", aber da ist er schon weg. Vielleicht ganz gut, dass er es nicht mehr gehört hat, sage ich mir.

Ich bringe Lydia nach Hause. Sie fragt nichts und ich sage nichts. Zum Abschied umarmt und küsst sie mich freundschaftlich.

Ich mache allein noch einem Umweg am Meer entlang. Es ist ja nicht ganz finster. Die Laternen an der Promenade leuchten. Aber der Strand liegt im Dunkeln, das Wasser dahinter pechschwarz, nur ab und zu der Schimmer einer Welle. Eine Gruppe sitzt noch im Sand und ich höre ihre Stimmen. Es klingt spanisch. Oder französisch. Jedenfalls nicht deutsch.

Am Ende der Promenade biege ich in die Queens Road ein. Nr. 14 ist schon dunkel. Die Eltern sind wohl zu Bett. Ist mir auch lieber so.

„Hallo, Miriam, bist Du es?"

„Hallo Mam, schlaf gut!"

„Du auch!"

Sonntagmorgen. Feiertagsstille. Ich kann nicht mehr schlafen, stehe auf und hole vor Langeweile und Ungeduld für Dad die Wochenendzeitung. Der Strand ist feucht vom Tau der Nacht. Frühe Spaziergänger. Sonst niemand. Ich muss wohl bis mittags warten, vorher ist ohnehin keiner von den Ausländern da.

Lydia kommt schon gleich nach dem Frühstück. Wir sprechen über den letzten Abend. Jetzt, bei Tage, kann ich plötzlich viel freier darüber reden.

Ich mache kein Geheimnis daraus, dass ich ihn unbedingt wiedersehen möchte, und wir beschließen, an den Strand zu gehen, bevor die Deutschen da sind, um einen Platz in unmittelbarer Nähe der Stelle zu belegen, an der sie zu erwarten sind. Also breiten wir unsere Sachen in einer der kleinen Mulden aus, die die Jungs vor ein paar Tagen gegraben haben, und bummeln dann den Strand entlang bis zur Felsküste. Dort kehren wir um, da die Flut kommt. Die ersten Wellen erreichen schon die Felsen unterhalb der höher gelegenen Höhlen, in denen wir manchmal an heißen Tagen aus Übermut die Zeit der Flut verbringen, bis das Wasser wieder gesunken ist.

Sally behauptet, einmal einen Franzosen abends in eine der Höhlen gelockt zu haben, ohne ihm vorher zu sagen, dass man sie bei Flut nicht wieder verlassen kann. Keiner weiß, ob es nur eine ihrer vielen Stories ist oder wirklich stimmt.

Inzwischen sind die ersten Deutschen eingetroffen, aber noch nicht der eine, den ich suche. Wir legen uns in unsere Mulde und warten.

Als es zu langweilig wird, gehen wir noch einmal zu mir nach Hause, probieren andere Sachen an, tauschen Pullis, Röcke und Schuhe, entscheiden uns aber schließlich doch für unsere

Bikinis, über die wir Jeans und die rosa Pullis ziehen, die wir uns zusammen gekauft haben. Das Make-up bleibt minimal. Unauffällig. Nur um die Augen herum ein kleiner Schatten. Lydia sagt, die Augen seien das Interessanteste an mir, ich müsse sie betonen. Außerdem mache es mich ein wenig älter. Auch den Pony schneidet sie mir kürzer.

„Er soll dich doch sehen können!", sagt sie lachend.

Die Lippen lasse ich wie sie sind. Der Geschmack und das Gefühl von Lippenstift auf meinem Mund stören mich.

Schon von weitem entdecken wir ihn. Wir schlendern hinab zu unserer Mulde, wo noch unsere Handtücher liegen, und tun so, als hätten wir ihn nicht gesehen.

Doch es vergehen keine zwei Minuten, und Lydia flüstert

„Ich glaube, er kommt."

Und wirklich. Da ist er schon bei uns.

„Hallo, da ist ja meine kleine Tänzerin!"

Eigentlich bin ich doch gar nicht so klein. Jung, OK. Aber klein?

„Ich denke gern an gestern Abend", sagt er und streckt uns seine Hand hin, was bei Deutschen wohl unvermeidlich ist, zieht sie aber wieder zurück, ehe wir reagieren können. Dann setzt er sich neben uns, sagt ein paar belanglose Worte über das Wetter, das Meer und die Ferienzeit, bis ihm nichts mehr einfällt. Uns auch nicht.

„Ich wollte doch wenigstens guten Tag sagen" verabschiedet er sich, und dann geht er zurück zu seiner Gruppe.

Sollte das alles gewesen sein? Wir warten eine Weile. Nichts.

„Komm, wir gehen ins Wasser", schlage ich vor, „vielleicht kommt er dann auch."

„Eigentlich ist mir zu kalt."

„Allein geh ich nicht. Außerdem traut er sich dann bestimmt nicht. Wäre ja auch zu auffällig."

„Na gut, ich komm mit."

Dumm gelaufen. Er ist nicht dazu gekommen. Nun sind wir nass und sitzen frierend am Strand.

Wir ziehen die Jeans über unsere nassen Bikinis, schlüpfen in unsere Pullis, streifen die feuchten Oberteile darunter ab und bleiben so ein noch Weilchen.

Inzwischen ist die Sonne hinter dunklen Wolken verschwunden, und ein leichter Wind macht es am Strand ungemütlich. Allgemeiner Aufbruch.

Ich schaue zu ihm hinüber und sehe, dass sein Freund und seine Freundin schon gegangen sind. Irgendetwas muss jetzt geschehen.

„Er ist jetzt ganz allein", sage ich zu Lydia, „meinst Du, wir können einfach zu ihm gehen und uns dazusetzen?"

„Sicher. Warum nicht? Entweder er freut sich, und wenn nicht, dann ist sowieso nichts zu machen."

„Also gut. Komm, wir gehen hin."

„Ich gehe mit, aber jetzt, wo er allein da sitzt, ist es vielleicht besser, ich verziehe mich dann schnell wieder. Er ist doch etwas schüchtern. Oder?"

„Gut. Ich versuch's. Aber es bleibt dabei, heute Abend kommst du zu mir. Bitte. Vielleicht fernsehen. Oder ins Kino. Oder einfach nur so."

„Mal sehen."

„OK. Gehen wir!"

Er nickt uns freundlich zu, als wir auf ihn zukommen. Lydia verabschiedet sich, ich tu so als ob ich noch zögere und setze mich dann zu ihm.

Ich erfahre, dass er studiert, schon seit zwei Jahren. Er will Physiker oder Ingenieur werden, fragt, was ich einmal beruflich machen will, aber das weiß ich ja noch nicht. Richterin sage ich, um Eindruck zu schinden.

Er macht mir Komplimente. Und als ich etwas näher rücke, legt er seinen Arm um mich und spielt mit meinen Haaren. Endlich. Er merkt, dass ich friere und gibt mir seinen dicken Pullover, in dem ich fast versinke. Aber er wärmt, und es ist ein schönes Gefühl so in seinem Pullover in seinem Arm. Inzwischen sind wir ganz allein am Strand. Eigentlich genau wie ich es mit erträumt habe. Trotzdem ist mir kalt.

Ich glaube, er friert ebenso wie ich, auch wenn er keine nasse Hose anhat. Wir brechen auf, als die ersten Tropfen fallen. Aber wohin? An der Promenade stellen wir uns erst einmal in einer Halle mit Glücksspielautomaten unter. Aber das ist keine Lösung. Bestimmt ist ihm das zu ungemütlich. Mir ja auch. Also nehme ich all meinen Mut zusammen:

„Ich wohne hier gleich um die Ecke. Komm mit, ich mache uns einen Tee. Und wenn der Regen vorbei ist, können wir noch ein wenig am Strand spazieren."

„Oder wir treffen uns im Club", meint er.

„Das geht nicht. Sonntags ist geschlossen."

„OK, dann einen Tee bei dir. Sehr gern. Vielen Dank!"

Wir gehen in die Queens Road. Vorsichtshalber klingele ich an der Tür. Aber es ist wie ich vermutet hatte. Keiner zu Hause. Ich schließe auf und gehe mit ihm in mein Zimmer.

„Ich bin gleich wieder da", sage ich und lasse ihn für einen Augenblick allein. Den Hausschlüssel stecke ich von innen in die Tür und schließe ab.

Ich bereite das Teewasser vor und gehe dann ins Bad. Schnell Bikinihose und Jeans aus und den Rock an, der noch vom Anprobieren mit Lydia da liegt. Dann einen Blick in den Spiegel. Alles in Ordnung. Ich finde, sein Pullover steht mir gut. Nur mein rosa Pulli darunter stört. Also weg damit. Schönes Gefühl, seinen Pullover auf der nackten Haut zu spüren. Auch wenn er etwas kratzt.

Als ich zu ihm zurückkomme, fühle ich mich wie ein echter Beatnik[1]. Ich setze mich zu ihm auf die Liege und stelle den Tee auf den Hocker vor uns. Dann ziehe ich die Füße hoch und lehne mich an ihn.

So ist das also mit dem ersten Jungen auf meinem Bett. Und was will ich von ihm? Am besten gleich alles. Dann habe ich das hinter mir.

Ob er erfahren ist? Bestimmt. Er studiert. Zwei Jahre schon. Muss also mindestens 20 sein, auch wenn er nicht so alt aussieht. Ich noch keine 15. Ob er mich überhaupt ernst nimmt? Seltsam, ich nehme ihn viel wichtiger als all die Jungs im Club. Da ist es immer nur Spielerei. Aber mit einem Zwanzigjährigen kann man nicht einfach so rum machen wie mit denen. Das würde er so bestimmt nicht wollen. Ich auch nicht. Würde auch irgendwie nicht passen.

Er ist ganz anders. Guckt mich so freundlich an. Hat auch blaue Augen. Wie ich. Könnte mein älterer Bruder sein. Schade, dass er es nicht ist. Ich hatte mir immer einen älteren Bruder gewünscht. So ähnlich hätte ich ihn mir vorgestellt. Nur vertrauter.

Ich hoffe, er will mich nicht nur ein bisschen drücken, neugierig tasten, knutschen, fummeln, wie die anderen. Obwohl, das will er sicher auch. Bestimmt. Aber sicher noch mehr.

Er bedrängt mich nicht. Ist nicht ungeduldig. Lässt mir Zeit. Er könnte mein erster Mann werden. Möchte ihn jetzt am liebsten ganz fest an mich ziehen. Ihn fühlen. Ihn berühren. Ihn wachsen spüren. Ihn ansehen dabei. Seine Hand auf mir.

Ich lege mich zur Seite, quer über seinen Schoß.

Aber er rührt sich nicht. Als warte er immer noch auf ein Zeichen. Lässt mich anfangen. Also schiebe ich behutsam seine Hand unter den Pullover auf mein Herz. Sicher spürt er es rasend klopfen unter meinem kleinen Busen.

Da beugt er sich vorsichtig über mich, berührt meine Lippen, ganz ruhig, wie um sie zu probieren, bleibt so, bis ich den Mund öffne. Seltsam, auch das macht er nicht stürmisch wie die kleinen Jungs im Club, er hält meine Zunge einfach zwischen seinen Lippen, beißt ganz behutsam mit seinen Zähnen, drückt sie ein wenig, als sie sich in ihn hinein drängelt. Sanft. Umgibt sie mit so leichtem Druck, und so unendlich langsam spielt er mit ihr, dass ich es kaum ertrage.

Und so bleibt es. Minutenlang. Bis seine Hand ein wenig an seinem mir viel zu großen Pullover zieht, er meine Brust betrachtet, sich langsam herabbeugt und sie liebevoll küsst. Dann bedeckt er sie wieder behutsam mit seinem Pullover und legt wie vorher seine Hand auf meinen Busen. Er muss bemerkt haben, wie er ihm entgegengewachsen ist. Seine Augen schauen mich verliebt an. Oder täusche ich mich? Wie schaut ein Junge, wenn er verliebt ist? Doch, das sieht man. Aber er ist ja kein Junge mehr, eher schon ein Mann. Verliebt? Oder liebevoll, brüderlich? Ich schließe die Augen. Fühle trotzdem, dass er mich anschaut.

Weiß er, wie jung ich bin? Ob er ahnt, was ich mir wünsche? Ich glaube, er nimmt mich ernst. Sonst wäre er anders. Ich glaube, er will mich. Ein Mann will mich. – Will mich wirklich?

Als er sich ein wenig bewegt, nehme ich seine Hand von meiner Brust und führe sie ganz langsam abwärts über meinen Bauch bis dorthin, wo mich bisher noch niemand berühren durfte.

Das heißt, außer Lydia. Wir haben uns natürlich längst gegenseitig betastet, den wachsenden Busen neugierig befühlt, unsere werdende Weiblichkeit schamhaft betrachtet, berührt, erforscht und gestreichelt.

Und jetzt? Eigentlich eine gute Gelegenheit, auf Entdeckungs-reise zu gehen, um zu suchen, was bei Lydia nicht zu entdecken gewesen wäre. Aber das hat Zeit.

Ich genieße es, seine warme Hand dort unter meiner zu spüren, reglos, wie beschützend, so lange schon, dass ich sie schon nicht mehr wirklich fühle, nur noch weiß, dass sie dort ist. Dann doch endlich, wie zufällig, eine Andeutung von Streicheln, ein wenig Druck und sanftes Einsinken. Und wieder Ruhe, bis ich nichts mehr spüre. So könnte es ewig bleiben.

Trotzdem. Ich kann nicht widerstehen, drücke seine Hand noch einmal fest auf mich, schiebe dann meine Finger zwischen seine und bewege unsere Hände neugierig dorthin, wo ich meine, dass er sie jetzt erwarten müsste. Er lässt es zu. Will es wohl auch. Führt mich sogar, zieht meine Hand sanft zu sich und lässt sie berühren, wonach sie sich heimlich gesehnt hatte.

Und plötzlich hätte ich ihn gern in mir. Einfach probieren, wie das ist. Ob es so ist, wie die Freundinnen erzählen. Und überhaupt.

Aber es müsste von ihm kommen. Scheint er aber wohl nicht zu wollen. Wäre vielleicht auch zu simpel. Irgendwie Verrat. Andererseits auch wieder verlockend. Ich glaube ich bin wirklich verliebt. Dabei kennen wir uns überhaupt nicht.

Plötzlich zieht er mich doch auf sich, legt seine Hände auf meinen Po und drückt mich ganz fest an sich.

Ich bin so gut wie am Ziel. Gefahrlos. Meine Regel käme trotzdem morgen. Das nächste Mal im Club würde ich endgültig dazugehören.

Er legt seinen Kopf an meinen und flüstert: „Miriam!". Nur meinen Name. Sonst nichts. Ich fühle, er will mich. Wirklich mich. Mich, Miriam. Nicht einfach nur Sex. Es tut gut.

„Me too.", flüstere ich, schaue ihn an und lächle ihm zu. Da geben seine Arme mich frei, er nimmt meinen Kopf zwischen seine Hände, streicht mir die Haare aus dem Gesicht, und seine Augen blicken mich ganz ruhig an. Verliebt, wie ich jetzt weiß.

Behutsam und vorsichtig löse ich mich aus seiner Umarmung und stehe ganz langsam auf. Das andere hat Zeit. Könnte ich mit jedem ausprobieren.

Ich schenke, um irgendetwas zu tun, den inzwischen kalten Tee ein, setze mich zu ihm, nehme seine Hand und lege seinen Arm um mich.

Kein Wort, bis Lydia zur vereinbarten Zeit ihr Zeichen klingelt. Ich schicke ihn weg. Hinten hinaus durch den Garten. Gönne der Freundin nicht, ihn jetzt hier anzutreffen.

Lydia bleibt die Nacht bei mir. Es ist ja Wochenende. Ihre Eltern sind nach London. Wir schlafen gemeinsam auf meiner Liege und reden noch ganz lange. Sie hat sogleich bemerkt, was mit mir los ist. Aber sie fragt nicht. Hört nur zu, was ich erzähle, und versteht auch das, was ich nicht sage. Ich rücke enger an sie heran als sonst. Es tut gut, sie im Arm zu haben, zu drücken und zu streicheln. Ob sie weiß, dass sie nicht gemeint ist? Bestimmt. Aber sie mag es. Schön ist das, so eine Freundin zu haben.

Am Morgen geht seine Fähre. Am Strand hatte er mir schon gesagt, dass er heute fahren wird.

Ich gehe zeitig hin, entdecke ihn, wie er zum Schiff geht und winke ihm mit seinem Pullover. Er schenkt ihn mir. Als Souvenir oder als Pfand?

Ich habe nichts für ihn. Doch. Ich gebe ihm meinen alten Kamm. Ob er ihn haben will?

Er nimmt ihn wie ein wertvolles Geschenk, führt ihn zur Nase, zieht seinen Geruch ein, berührt ihn mit seinen Lippen, dann drückt er ihn an sich und behält ihn.

Seinen Pullover habe ich ewig getragen. Er wurde zu meinem Erkennungszeichen, solange ich zur Schule ging. Vielleicht gibt es ihn noch. Wer weiß? Tief unten in der Kiste, zusammen mit all meinen anderen Kindersachen. Ich kann mir nicht vorstellen, dass ich ihn jemals weggeworfen habe.

Wenn ich an den Strand gehe, dann allein. Bewaffnet mit einem Agatha-Christi-Krimi, wandere ich bei Ebbe am Meer entlang, suche mir ein ruhiges Plätzchen in den Felsen und lese. Aber ich muss aufpassen. Kommt die Flut, brandet sie bis an die weißen Felsklippen und macht den Rückweg unmöglich.

Nur selten setze ich mich zu der „Deutschen Kolonie" von Sprachschülern an den Strand. Die meisten sind Schüler, von den Eltern geschickt wegen ihrer schlechten Englischnoten.

„Mit den Engländerinnen kannst Du machen, was Du willst", klären sie mich auf, und prahlen damit, was sie in den Youth Clubs angeblich alles erlebt haben. „Selbst vierzehn-, fünfzehnjährige Mädchen", behaupten sie großtuerisch, „wollen alle nur das Eine".

Ferienparadies für unerfahrene Gymnasiasten.

Ich für meine Person fühle mich seltsamerweise noch immer gebunden. Es war meine erste feste Freundin. Wir haben uns gerade getrennt, aber das ist noch nicht richtig bei mir angekommen. Irgendetwas in mir will es noch nicht wahr haben. Ich lebe weiter im dauernden Dialog mit ihr. Fast ein Jahr waren wir zusammen. Ernsthaft. Mit Zukunftsplänen.

Mechanisch lese ich die englischen Sätze meines Krimis. Ich will mein Englisch auffrischen. Aber die Gedanken fliehen zu ihr. Ich lege das Buch beiseite und schaue über das Meer. Fast schon Flut. Höchste Zeit zum Aufbruch.

Ich werde ins Kino gehen. Endlich auf andere Gedanken kommen. Ist schließlich auch ein gutes Sprachtraining. Man spielt Ben Hur. Sonst nur Zeichentrickfilme. In Gottes Namen also Ben Hur. Habe ich vor Jahren schon einmal gesehen.

Kann mich aber nur noch an ein spannendes Wagenrennen erinnern. Und an vollbusige Sklavinnen.

Ich bin wohl der einzige Ausländer im Kino zwischen den ganzen englischen Teenagern. Hauptsächlich Mädchen. Als ein römischer Soldat beim nächtlichen Überfall auf eine Villa einen Schäferhund mit einem Stück Fleisch ködert und ihm dann mit dem blanken Messer die Gurgel durchschneidet, erfüllt ein entsetztes „No! No!" den Saal.

Amüsiert durch den Film und die mich umgebenden kreischenden kleinen Engländerinnen folge ich unternehmungslustig dem Strom der Teenager – war ja selbst bis vor einem Jahr noch einer – und lande in einem Youth Club in Ramsgate.

Auf der von halbwüchsigen jungen Männern umstandenen Tanzfläche hauptsächlich Mädchen. Im halbdunklen Hintergrund des Raumes entdecke ich Pärchen, die in Nischen am Rande auf alten Polstermöbeln herumknutschen. Wird die Musik langsamer, kommen auch sie auf die Tanzfläche, und zur Musik schmusen sie ungeniert weiter.

Ich fordere ein Mädchen auf, das vorher allein getanzt hatte. Aber wir kommen nicht mit einander zurecht. Treten uns dauernd auf die Füße. Schade. Unterhaltung geht auch nicht.

Ich versuche mein Glück mit anderen. Ebenso erfolglos.

Aber so schnell gebe ich nicht auf. Ich will nicht schon wieder in die Einsamkeit zurück. Ich setze mich in einen der schäbigen Polstersessel am Rande, als erwartete ich, dass eines der Mädchen kommt, sich zu mir in den Sessel setzt und es sich gefallen lässt, dass ich meinen Arm um sie lege. Wo sind sie denn alle, die angeblich immer nur das Eine wollen? Ich bin doch frei. Merken sie das nicht? Oder sieht man mir an, dass ich nur auf der Flucht bin?

Ich beobachte die munteren Halbfertigfabrikate auf der Tanzfläche. Das System der allgemeinen Hopserei ist denkbar einfach. Entweder wildes Herumspringen im Einheitsschritt, bum-bum-bum-bum, ohne rhythmische Differenzierung – das machen die Mädchen offenbar am liebsten allein – oder, bei langsamen Songs, paarweise eng umschlungenes langsames Hin- und Herwiegen, nicht unbedingt im Rhythmus der Musik. Zu dieser Version suchen sich die Mädchen Jungs vom Rande der Tanzfläche – oder ermuntern den, in dessen Armen sie gerade in irgendeiner dunklen Ecke liegen.

Unerwartet werde ich aus meinen analysierenden Beobachtungen gerissen. Drei-, viermal kurz hintereinander werde ich auf die Tanzfläche geholt. Und jedes Mal, noch ehe man sich an einander gewöhnen kann, verschwinden die kleinen Tänzerinnen ebenso plötzlich wieder wie sie gekommen sind. Die letzte aus diesem Schwarm sagt unvermittelt „Wait a minute" und dann ist auch sie verschwunden.

Doch sie kommt wirklich wieder, diesmal im engen dünnen Pullover, ohne BH, zieht mich eng an sich und schiebt sich beim Tanzen mit ihrem Schenkel zwischen meine Beine. Dann nimmt sie unvermittelt meine Hand und führt sie an ihre voll entwickelte Brust. Ich glaube, ich träume. Alb- oder Wunschtraum? Oder werde ich in eine Falle gelockt? Die in der Nähe stehenden Halbstarken müssen es eigentlich bemerkt haben. Ist ihr Freund dabei? Will sie ihn eifersüchtig machen, mich zum Gaudi aller in eine Schlägerei verwickeln? Ich versuche – nicht ohne Bedauern – meine Hand in eine unverfänglichere Lage zu bringen, doch sie hält sie fest an ihrem verführerischen Platz. Als ich, so zielstrebig und unauffällig ich es in unserer Umarmung schaffe, tanzend auf den rettenden Ausgang zusteuere, lässt sie sich willig führen, anders als bei meinen ersten Tanzversuchen.

Offenbar hat die Kleine meine Flucht missverstanden. Kaum draußen, zieht sie mich abseits von der Tür ins Dunkle, und, von niemandem beobachtet, nimmt sie meine Hände und legt sie auf ihrem Po, schlingt dann ihre Arme um meinen Hals und küsst mich. Genauer, sie drückt ihren Mund auf meine Lippen, und gibt mir ihre Zunge, die nach Pfefferminz schmeckt. Kaugummi. Dann lässt sie einen ihrer Arme sinken, sucht und findet blitzschnell den Weg in meine Hose und beginnt ein ungestümes Greifen, Drücken und Reiben, als sollte ich gemolken werden. Verwirrt wehre ich mich und will mich ihren geschickten Händen entziehen – von denen eine dort unten wühlt, die andere meinen Kopf hält, und meinen Mund auf ihre geöffneten fordernden Lippen drückt. Dabei schmiegt sie sich so eng an mich, dass meine nur noch halbherzig intervenierende Hand zwischen ihre weichen Schenkel gerät und schließlich, deren enges Ende fühlend, sich unversehens, fahnenflüchtig, im anderen Lager wiederfindet, das ihr mit ungeahnter Bereitschaft entgegenkommend Gastfreundschaft gewährt. Schließlich gebe ich gerne auf und, einvernehmlich in unseren Zielen, kommt es zum Friedensschluss. Ihre neugierigen Finger erhalten ungehindert Zutritt, und ehe noch die Knie zu zittern beginnen, liegen wir bei wilden Küssen balzend im weichen grauen Sand.

Als sie genug hat, steht sie wortlos auf, und ehe ich ihr folgen kann, ist sie verschwunden. Kein „Wait a minute" diesmal. Kein Wiederkommen. Nur ihr Kaugummi bleibt bei mir. Geschmacklos inzwischen. Aber immerhin. Ein willkommenes Souvenir, genüsslich geknetet von meinen Zähnen, verwöhnt von meiner Zunge.

Tags darauf ist es spröde und ohne jeglichen Geschmack. Ich bemühe mich, ihm mit frischem Pfefferminz neues Aroma zu geben. Vergeblich. Ich kaufe Kaugummi und versuche, beide kauend zu verschmelzen. Doch die einsame Nacht auf dem Nachttisch hat offenbar seine Bindungsfähigkeit vernichtet, und auch dieser Flirtversuch misslingt.

Erfüllt von einer erregenden Mischung aus Neugier, schlechtem Gewissen und Verlangen zieht es mich zum Club, und ich verabrede mich noch für den gleichen Abend mit einem Münchener Pärchen.

Dass ich verliebt bin, will ich mir nicht eingestehen. Ich möchte ganz einfach nur sehen, ob sie wieder da ist, wie sie reagiert, wenn sie mich wiedersieht, ob sie mich überhaupt bemerkt und erkennt, ob es irgendwie weitergeht oder ob sie vielleicht längst mit einem anderen beschäftigt ist. Ich will nicht wahrhaben, dass es zu Ende ist, dass es kein Anfang gewesen ist, nur ein Augenblick, ein unerklärliches losgelöstes anonymes Ereignis ohne Anfang und Ende. Nicht einmal ihren Namen kenne ich.

Wir kommen ziemlich früh an. Die beiden erzählen, dass sie in München im Turniertanzkreis sind. Die Tanzfläche ist noch fast leer, Platz wäre genug, aber sie mögen sich offenbar nicht öffentlich zur Schau stellen und fügen sich unauffällig in die örtlichen Tanzgepflogenheiten ein, bis es sie dann doch packt und sie richtig loslegen. Ein tolles Bild, die zwei. Wie Artisten von einem anderen Stern wirbeln sie für ein paar Takte über die schmuddelige Tanzfläche zwischen den erstaunten Jugendlichen hindurch. Dann wird es ihnen zu voll und sie passen sich wieder an. Nach dem Tanz gehen sie erst einmal hinaus.

Währenddessen beobachte ich zwei niedliche Mädchen, die unbefangen vor meinen Augen mit einander tanzen. Die eine von ihnen, mit hübschen kleinen Korkenzieherlöckchen im dunklen Haar, aber noch ganz kindlich mit ihrem ernsten bleichen Gesicht und den großen unschuldigen Augen, kommt mir bekannt vor. Wenn ich mich nicht sehr irre, ist sie eines der Mädchen die mich gestern kurz zum Tanz geholt und dann nach ein paar stolperigen Takten einfach auf der Tanzfläche haben stehen lassen.

Sie sind begabt, die beiden. Ein Kurzfilm, wie sie sich so ungehemmt, locker und fröhlich bewegen.

„Willst Du nicht auch mal tanzen?" fragt die Münchnerin, als sie und ihr Freund nach einer Verschnaufpause zurückkommen.

„So gut wie ihr kann ich das nicht", wehre ich ab.

„Stell dich nicht an!" sagt sie aufmunternd und zieht mich auf die gerade wieder fast leere Tanzfläche.

Mühelos lässt sie sich führen als tanzten wir seit Jahren mit einander. Aber dann wird es voll, wir ecken immer wieder an und geben schließlich auf.

Das Mädchen von gestern Nacht ist nirgends zu sehen. Ich langweile mich. Tanze noch einmal mit der Münchenerin, und als die beiden gehen, begleite ich sie. Frustriert will ich nach Hause zu meiner Gastfamilie. Auf halbem Wege überlege ich es mir dann doch anders und kehre noch einmal um. Wer weiß, vielleicht ist sie ja inzwischen gekommen. Übermorgen fahre ich zurück nach Deutschland. Da bleibt wenig Zeit.

Doch Fehlanzeige. Trotzdem setze ich mich wieder an den Rand und schaue dem bunten Treiben zu, immer in der Hoffnung, sie am Ende noch zu entdecken. Und was dann? Ich weiß es selber nicht.

„Die letzten drei Tänze", wird aus den Lautsprechern angesagt.

‚Na, dann will ich doch mal sehen, ob die Kleine, die so schön mit ihrer Freundin tanzt, nicht auch mit mir zurechtkommt, wenn ich mir Mühe gebe', sage ich mir, gehe auf sie zu, nehme sie an die Hand und ziehe sie auf die Tanzfläche. Leicht widerstrebend folgt sie.

„Ich kann das nicht so, wie du tanzt!" meint sie – wenn ich ihr undeutliches Englisch richtig verstanden habe.

„OK, dann tanz doch einfach mit mir wie mit deiner Freundin!"

Ich nehme sie in den Arm, wie ich es bei den Jugendlichen hier beobachtet habe, ein wenig fester als es bei uns schicklich wäre und lasse mich führen, als wäre sie der Herr, ich die Dame. Ich möchte ihr nicht auf die Füße treten, mache lange Schritte, wenn ich rückwärts gehe und schiebe tastend meine Füße vor, wenn wir uns nach vorne bewegen. Dabei versuche ich, ihre Bewegungen im Voraus zu erahnen. Zu meinem Erstaunen genügt die leichteste Berührung, und ich weiß, was sie vorhat. Ganz selten einmal eine kleine Unstimmigkeit.

Als der erste Tanz vorüber ist, schaue ich sie stolz und glücklich an und freue mich, dass sie keine Anstalten macht, von der Tanzfläche zu gehen.

„Jetzt lass Dich einfach von mir führen", schlage ich vor, als die Musik wieder einsetzt.

Es gelingt auf Anhieb. Wir bewegen uns fast mühelos auf der Tanzfläche. Sogar mit ersten kleinen Drehungen. Es klappt!

Beim dritten Tanz wage ich lange Schritte, quer über die Tanzfläche, drehe uns in immer schnelleren Kreisen, und sie folgt mir, wie ich will, als hätte sie schon immer so getanzt. So eine Tanzpartnerin würde ich mir in Deutschland wünschen.

„Vielen Dank! Es war ein wunderschöner Tanz für mich. Schade, dass jetzt schon Schluss ist!", sage ich, als die Musik aufhört und deute eine Verbeugung an, ehe mir klar wird, dass das hier nicht üblich ist.

Ich bringe sie zurück zu ihrer Freundin, verbeuge mich nun doch noch einmal, diesmal aber scherzhaft ganz tief und füge hinzu:

„Es muss ja vielleicht nicht unser letzter Tanz gewesen sein".

Behutsam fasse ich sie leicht an den Schultern und küsse sie auf die Stirn, bevor ich gehe. Sie ruft mir noch etwas nach, aber das verstehe ich schon nicht mehr, und extra umkehren will ich auch nicht.

Beschwingt gehe ich nach Hause. Aber ganz anders als am Abend vorher. Und ohne Kaugummi diesmal.

„Ein Kind ist sie. Ein rührend niedliches kleines Mädchen", flüstere ich vor mich hin und stelle mir einen großen Teddy neben ihrem Kopfkissen vor, wenn sie zu Bett geht. Wie schön wäre es, ihr noch eine Gutenachtgeschichte zu erzählen und sie still zu betrachten, bis sie einschläft.

An meinem letzten Tag gehe ich schon früh zum Strand. Es ist bewölkt und kühl. Ich bin mit meinen Münchner Freunden verabredet und finde sie in einem windgeschützten Eckchen in einer der Strandburgen, die das deutsche Terrain markieren. Irgendjemand muss das verpönte deutsche Strandritual hier erfolgreich wieder eingeführt haben.

Es ist kein gutes Wetter, und wir unternehmen einen Abschiedsbummel durch den Ort. Im Schaufenster bei Marks & Spencers entdecke ich einen dicken dunkelblauen Wollpullover, der mir gefällt. Ich könnte gut einen neuen gebrauchen. Mein geliebter Norweger ist schon ziemlich alt und verschlissen. Aber die Läden sind geschlossen.

Währenddessen wird es wärmer, sogar die Sonne kommt heraus, und wir gehen zurück zur Strandburg. Doch bald ziehen wieder dunkle Wolken heran. Lange werden wir wohl nicht am Strand bleiben.

Ich entschließe mich, noch einen Abschiedsspaziergang am Meer entlang zu machen, stehe auf und will mich gerade von den anderen verabschieden, da entdecke ich das Mädchen von gestern und ihre Freundin direkt vor meinen Augen in einer verfallenen Strandburg. Als sie zu mir herüberschaut, gehe ich zu den beiden und begrüße sie.

„Hallo, da ist ja meine kleine Tänzerin!", beginne ich hocherfreut. Sie lächelt und sieht mich erwartungsvoll mit ihren großen blauen Augen an.

„Ich denke gern an gestern Abend", sage ich, beuge mich hinab zu den beiden und strecke ihnen unsinnigerweise meine Hand hin. Vergebens. Ich ärgere mich über mein unpassendes deutsches Verhalten, bin auf das plötzliche Treffen auch nicht recht vorbereitet. Ich setze mich zu ihnen. Leider fällt mir außer ein paar belanglosen Worten über das Wetter, das Meer und die Ferienzeit nicht viel ein, was ich sagen könnte. Eine Unterhaltung kommt nicht in Gang. Ich werde plötzlich ganz verlegen, weiß nicht recht, was ich hier neben den beiden Teenagern eigentlich soll.

„Ich wollte doch wenigstens einmal guten Tag sagen", stammele ich und stehe auf. Sie scheinen enttäuscht zu sein und schauen mich etwas hilflos an. Dann gehe ich, betrübt über meine Ungeschicktheit, zu den anderen zurück.

Ich beobachte, wie die beiden Mädchen danach ausgelassen im Wasser herumplanschen, sich gegenseitig bespritzen und offenbar ihren Spaß daran haben. Ein wenig wie gestern auf der Tanzfläche. Keine Spur mehr von Enttäuschung und Hilflosigkeit.

Nass und frierend kommen sie aus dem Wasser, trocknen sich ab, ziehen ihre Jeans und Pullis über die Bikinis, scheinen aber dennoch weiter zu frieren.

Warum beobachte ich sie die ganze Zeit? Sind doch Kinder. Aber meine Blicke gehen immer wieder zu ihnen hin. Als die Münchener sich verabschieden, bleibe ich noch. Wenn ich ehrlich bin, nur wegen der einen, „meiner" niedlichen kleinen Tänzerin.

Ich kann ja nicht die ganze Zeit zu ihnen hin glotzen. Also nehme ich mir meinen Krimi und lese. Tu wenigstens so. Vor ihnen und vor mir – auch wenn meine Gedanken den detektivischen Heldentaten des Hercule Poirot nicht folgen wollen. Immer wieder ertappe ich mich, dass ich aufschaue, und zu ihnen hinsehe.

So entgeht es mir nicht, als sie ihre Sachen zusammenpacken und aufbrechen. Im Weggehen kommen sie bei mir vorbei. Genau neben mir verabschiedet sich die Freundin, aber meine frierende Lolita hält an und setzt sich zu mir.

Diesmal fließt die Unterhaltung mühelos. Sie erzählt von der Schule, von ihren Lieblingsfächern, und ich erfahre, dass sie Miriam heißt und einmal Richterin werden möchte. Ich sehe, dass sie noch immer friert und lege ihr meinen alten Norwegerpullover um. Erfreut nimmt sie ihn, zieht ihn über, und lässt es sich gefallen, dass ich meinen Arm um sie lege.

Ein paar Minuten vergehen. Schließlich zwingen uns erste Regentropfen zum Aufbruch. Wir stellen uns an der Promenade in einer Halle mit Glücksspielautomaten unter. Ich fürchte schon, dass sie sich jetzt endgültig verabschieden wird und ich sie nie wieder sehen werde, aber zu meinem Erstaunen macht sie einen ganz anderen Vorschlag:

„Ich wohne hier gleich um die Ecke. Komm mit, ich mache uns einen Tee. Und wenn der Regen vorbei ist, können wir noch am Strand entlang spazieren."

„Oder wir treffen uns im Club!"

„Das geht nicht. Sonntags ist geschlossen."

„OK, dann ein Tee bei dir. Sehr gern. Vielen Dank!"

Wir gehen ein paar Schritte, und sie klingelt an der Tür eines schmalen Reihenhauses aus rotem Backstein. Es scheint niemand da zu sein, und sie nimmt ihren Schlüssel, schließt auf, führt mich durch einen Flur und öffnet mir eine Tür mit einem handgemalten Plakat ‚Miriams Room'.

„Ich bin gleich wieder da", sagt sie und ist verschwunden.

Ich bleibe in ihrem Zimmer, setze mich auf die Liege und schaue mich verstohlen um: ein Stuhl, ein Hocker, ein Tischchen, ein Schrank, ein Bücherregal und ein Jugend-schreibtisch. An der Wand Poster von Sängern und Filmschauspielern. Auf einem Hocker achtlos hingeworfene

Kleidungsstücke. Meine neugierigen Blicke kommen mir plötzlich indiskret vor. Es ist doch ihr Zimmer. Das Zimmer eines jungen Mädchens. Es berührt mich, dass sie mich hier herein gelassen hat, fühle und genieße die Intimität der plötzlichen Nähe zu ihrem Lebensbereich. Gerade so als gehörte ich schon ein wenig zu ihr.

Es dauert ein Weilchen, dann öffnet sich die Tür, und sie kommt, noch immer in meinem Pullover, aber statt in Jeans jetzt mit Minirock, und bringt uns heißen Tee.

Tassen und Kanne stellt sie mit dem Tablett vor mir auf dem Hocker ab, und sie setzt sich neben mich auf die Liege, genauer, auf ihre angezogenen, untergeschlagenen Beine, und lehnt sich an mich.

Ist dieses süße kleine engelhafte Geschöpf am Ende frühreif und mannstoll wie diese Nymphe, die es im Youth Club auf mich abgesehen hatte? Erfüllt sich gerade an mir die illustre Prophezeiung der Sprachschüler vom Strand? Bitte nicht! Sie ist so niedlich, so scheu, so kindlich, um nicht zu sagen so rein und unberührt – unmöglich der Gedanke. Ich sehe sie an. Sie schaut mir in die Augen und lächelt. Ich lege meinen Arm um sie, als sie den Tee einschenken will. Da setzt sie die Kanne ab, lehnt sich enger an mich und schließlich lässt sie sich einfach rückwärts über meinen Schoß fallen.

Ich fange sie mit dem Arm auf. Hilflos weiß ich nicht, wo ich meine andere Hand lassen soll. Ich fühle mich, als hätte ich ein Baby im Arm. Eine unmögliche Stellung. Sie liegt in meinen Armen auf meinem Schoß und schaut mich an. Ich komme mir lächerlich vor. Schüchtern und unbeholfen drücke sie schließlich an mich. Da nimmt sie meine Hand und führt sie ganz langsam unter meinen – jetzt ihren – Norwegerpullover. Behutsam immer weiter, bis hin zu ihrem sprießenden kleinen Mädchenbusen. Und lächelt aufmunternd.

In seltsamer Verwirrung der Gefühle folge ich bereitwillig ihrer Verführung – oder ist es einfach die schöne Gewohnheit des letzten Jahres? – lege mich bequem neben sie und berühre ihre Lippen zum Kuss.

Als wäre es das erste Mal, erwidert sie kindlich die Berührung, gerade so als wisse sie nicht recht, wie sie es machen solle, dann spüre ich ihre Zunge, ergreife sie mit meinen Lippen und, da sie zutraulich weiter vordringt, drücke und beiße ich sie ganz vorsichtig und streichele den lieben Gast in meinem Mund, der sich dort umzuschauen scheint, bevor er sich, zum Gegenbesuch einladend, zurückzieht und entschwindet.

Noch immer liegt meine Hand auf ihrem Busen. Ich beuge mich über sie, ziehe den Pullover ein wenig beiseite und sehe die niedliche kleine Wölbung. Mit meinen Lippen wecke ich sie aus ihrem Dornröschenschlaf. Dann bedecke ich den kleinen Busen wieder mit dem schützenden Pullover und halte sie fest in meinen Armen, meine kleine neue Freundin, dieses rührend zärtliche Geschöpf, und sehe sie an. Sie lächelt. Kindlich. Es hätte mich wahrhaftig nicht überrascht, wirklich den Teddy neben ihr zu entdecken. Zu jung, zu kostbar für eine kurze Liebesstunde am letzten Tag der Ferien. Rein wie eine gute Märchenfee möchte ich sie mir bewahren, liebevoll mir zugetan in der schönen Zauberwelt meiner Erinnerung.

Ich mache einen Ansatz, aufzustehen. Doch als verletzte ich die Gastfreundschaft, hält sie mich fest, nimmt wieder meine Hand, führt sie auf ihren Bauch, dann weiter, bis sie anlangt, wohin sie sich nicht hätte führen lassen dürfen.

Ich sträube mich nicht. Berührt von der intimen Nähe, lasse ich meine Hand, als müsse sie das Heiligtum behüten und bewahren, das ihr so schutzlos anvertraut wurde.

Wunderbare Minuten vergehen. Ab und zu eine sanfte Bewegung, ein vorsichtiges gemeinsames Streicheln, wie um uns unserer Nähe zu vergewissern – bis ein Finger sich vergisst und einsinkt im lockenden Begrüßungstrank. Erschreckt will ich meine Hand zurück ziehen und fühle, wie sie festgehalten wird. Ein Weilchen noch, dann, wie um Erlaubnis bittend, nimmt sie meine Hand, um, mit ihr als Komplizin, auch mich zu erkunden. Unschlüssig lasse, ja, führe und bestärke ich sie.

Kein Wort. Keine Eile. Dann schauen wir uns an, nähern uns einander, bis unsere Lippen sich berühren. Ohne Hast. Ganz still. Ganz lange.

Dann halte ich es nicht mehr aus, ziehe sie in ungestümer Bewegung auf mich, schlinge meine Arme um sie, dränge mich ihr entgegen und drücke sie so fest an mich, wie ich kann. Nur kurz, dann gebe ich sie frei. Aber sie bleibt und legt ihren Kopf an meinen. Ich möchte etwas sagen, doch ich weiß nicht, was. Leise flüstere ich ihren Namen.

So bleiben wir, eine Ewigkeit.

„Me too", beendet sie das Schweigen.

Sie hebt den Kopf und schaut mich an. Ihre Haare kitzeln mir im Gesicht. Ich löse meine Umarmung und nehme ihren Kopf zwischen meine Hände. Sie lächelt.

Schweigend erhebt sie sich und schenkt Tee in die Tassen.

„Gehst Du durch den Garten?", bittet sie, als es klingelt, „Dort ist ein kleines Tor, durch das kommst du auf die andere Straße. Ich möchte Dich mit niemandem teilen."

Am nächsten Morgen geht das Schiff. Ich schaffe es vorher gerade noch zu Marks & Spencer. Als ich zum Kai komme, winkt sie mir schon von weitem mit meinem alten Pullover. Ich bitte sie, ihn zu behalten. Im Gegenzug reicht sie mir ihren Kamm – sonst fällt ihr wohl so schnell nichts ein, das sie mir zur Erinnerung hätte geben können.

Sie wäre heute 60. In meiner Erinnerung ist sie geblieben, wie sie damals war. Mein Adressbuch führt sie nicht mehr. Aber ich sehe sie vor mir mit ihren großen erwartungsvollen stillen Augen, ihrem bleichen Gesicht, ihrem knabenschlanken Körper, nur zu ahnen ihre Weiblichkeit. Ich sehe sie. Ich spüre sie. Sie lebt in mir. Vielleicht nur noch in mir – Miriam, 14 Jahre, Queens Road 13, Ramsgate. –

DER ZAUBERLEHRLING

DER ZAUBER

Ich habe es geschafft. Liege für eine ganze Nacht neben ihr. Zu sechst teilen wir uns ein Abteil im Nachtzug nach Paris. Die roten Sitze sind ausgezogen und das Abteil in eine einzige große Schlafkoje verwandelt. Und ich liege neben ihr. Habe es wahrhaftig geschafft.

Eben noch hat es mir der Spiegel der Nachtzugtoilette wieder einmal zur mahnenden Erinnerung erbarmungslos vor Augen geführt: Milchgesicht. Aber in dieser Nacht ist außer unserem Altersunterschied von siebeneinhalb Jahren nichts Trennendes zwischen uns. Ich spüre die wunderbare Wärme ihres Körpers und bin glücklich – auch wenn es nicht ihre schönen langen blonden Haare, sondern nur die Füße sind, die ich vor meinem Gesicht habe. Lächerlich? Wenn schon. Und wäre es auch nur ein einziger ihrer Zehen und auch nur für diese einzige Nacht – um nichts in der Welt würde ich auf die kommenden Stunden verzichten wollen.

Vermutlich nimmt sie mich gar nicht wahr, ist in ihren Gedanken längst in Paris. Ob sie schon schläft? Behutsam lege ich meinen Arm über ihre Füße. Sie rührt sich nicht. Ich streichle sie. Aber so vorsichtig, dass sie es ebenso gut als eine Folge der Zugerschütterungen oder als zufällige Bewegung ihres einschlafenden Mitreisenden ansehen könnte. Müsste nicht das leise Zittern meiner Hände mich verraten? Bestimmt durchschaut sie längst, dass es weder zufällige noch schläfrige Berührungen sind. Vielleicht belustigt es sie. Immerhin, sie lässt sie zu.

Bei den Proben hat sie immer ganz freundlich, ja, geradezu aufmunternd reagiert, wenn sie merkte, dass ich zu ihr schaute. Wieso hat sie es eigentlich immer gleich bemerkt? Zufall? Oder weil es ihr lästig ist, dass ich sie so oft ansehe? Aber dann hätte sie sich bestimmt anders verhalten und nicht geduldet, dass ich auch in den Pausen fast immer in ihrer Nähe bin.

Ist es vielleicht gar kein Zufall, dass so oft ein Plätzchen neben ihr frei bleibt, auch diesmal wieder? Nicht auszudenken. Sie, die umschwärmte Darstellerin der Schülerin in Ionescos "La Leçon", hätte jede Auswahl. Vielleicht fühlt sie sich neben mir einfach am sichersten, neben dem harmlosen Physikstudenten im dritten Semester, der ganz bestimmt nicht zudringlich wird.

Unmöglich einzuschlafen, in dem Strudel von Hoffnung, Zweifel und Ungewissheit, in dem sich meine überspannten Fantasien im Kreise drehen.

Da bewegt sie sich. Nein, sie entzieht mir ihre Beine nicht. Sie lässt sie mir. – Lässt sie mir? Ob sie es so sieht? – Wir kennen uns doch kaum. Ich rechne nach: seit genau vier Wochen bin ich im Chor. –

Schließlich muss ich wohl doch geschlafen haben. Ich wache auf, ihre Füße wie einen Teddy in meinen Armen. Wann habe ich denn den zweiten um sie gelegt? Ich rühre mich nicht. Aber ich habe sie anscheinend geweckt. Oder sie mich? Sie hebt den Kopf, schaut zu mir, flüstert ein schläfriges „Bonjour", streckt sich genüsslich, dann zieht sie ihre Beine kurz an, schiebt sie aber schließlich doch vorsichtig wieder dorthin, wo sie vorher lagen, in meine Arme, und schläft wieder ein.

Als es heller wird und alle erwachen, tut sie so als sei nichts geschehen. Kein vertrauliches Zeichen, kein besonderer Händedruck. Das gleiche verschlafene „Guten Morgen", das sie auch für alle anderen hat. Trotzdem fühle ich, dass wir uns näher sind, an diesem ersten Morgen in der großen Gruppe am

Montmartre, wo in blendend heller Frühlingssonne alle gemeinsam Kaffee trinken und Paris uns zu Füßen liegt. Ich komme erst etwas später dazu, während sie sich schon mit den anderen unbefangen unterhält über Bastille, Louvre, Notre Dame und das Konzert am nächsten Tag in Versailles. Als wäre es selbstverständlich, nimmt sie ihre Tasche von dem Stuhl neben sich, als sie mich kommen sieht, und macht den Platz für mich frei. Wenig später rauchen wir, für alle sichtbar, die erste gemeinsame Gauloise.

Ein Paar sind wir dadurch freilich nicht. Werden es wohl auch leider nie werden. Aber ich fange an, sie an meiner Seite zu vermissen, wenn sie einmal ohne mich, in einer anderen Gruppe, aufbricht, um durch Paris zu streifen. Das geschieht nicht oft. Wo sie ist, da bin ich selten fern, wo ich bin, da ist sehr bald auch sie. Ganz unauffällig. Als wäre es Zufall.

Ich merke, wie uns die anderen beobachten. Neugier ist erwacht. Hier und da wohl auch Eifersucht. Man neckt uns und hält am Tisch zwei Plätze für uns frei. "Für Sibilla und ihr Kind", sagt jemand. Leise, nicht zu uns, und doch so dass wir es hören sollen. Scherz? Neid? Bosheit? – Mich ärgert es. Eigentlich müsste es auch ihr unangenehm sein. Aber Sibilla scheint über allem zu stehen: „Für uns? Vielen Dank!", sagt sie mit einem Tonfall, in dem man vergeblich nach Ironie sucht. „Nett, dass ihr an uns gedacht habt", bedankt sie sich gerade so, als habe sie nichts gehört, macht zu mir eine einladende Geste, neben ihr Platz zu nehmen, und lächelt mich schelmisch an wie eine alte Komplizin.

Als heimliches Paar – Sibilla ist es so lieber – kommen wir verliebt zurück nach Bonn. Ein Polizist erwischt uns zu zweit auf einem Fahrrad. 50 Pfennige verlangt er, und schmunzelnd macht er es amtlich: "Unerlaubtes Fahren eines Pärchens zu zweit auf einem Damenfahrrad", schreibt er auf den

Protokollzettel. Wir stecken das Dokument in einen Rahmen und hängen es in meiner Studentenbude auf.

Ich bewohne eine von drei Dachkammern am obersten Ende eines düsteren, mit dunklem Holz verkleideten Treppenhauses. Rittershausstraße 54, ein heruntergekommenes Mietshaus im Jugendstil. Vierter Stock. Toilette im Keller. In meinem Zimmer zum Heizen nur ein winzig kleiner Blechofen, in dem ich abends etwas Holz oder – verbotenerweise – ein Brikett verbrenne. Doch meist begnüge ich mich mit der Wärme meines eigenen – ebenso verbotenen – Elektro-Heizlüfters.

Das Bett – auf vier Holzklötzen ein Lattenrost mit Matratze – stammt vom Sperrmüll. Mein Studentenkoffer dient als Tisch und Abstellraum, erhöht durch zur Seite gelegte Apfelsinen-kisten, in denen Geschirr und Bestecke lagern, das ganze überdeckt mit einer alten roten Samtdecke. Als Sitzgelegen-heiten dienen ebenfalls Apfelsinenkisten, darauf rote Kissen. Aus dem gleichen Grundbaustoff, diesmal an der einzigen geraden Wand über einander getürmt, ein Bücherregal.

Eine Wand ist bis zum Boden schräg. Darunter das besagte Bett, hinter einem Vorhang verborgen. Es braucht nicht gemacht zu werden. Vorhang zu, fertig. Hinter dem Bett, unter dem letzten Ende der Dachschräge, Radio und Plattenspieler. Durch eine kleine Dachluke kommt etwas Tageslicht in die Dachkammer. Klein, aber mein.

Sibilla schreibt ihre Staatsexamensarbeit. Tagsüber sehen wir uns wenig, aber ich fühle mich nicht mehr einsam wie früher. Ich stelle mir vor, wie sie im romanischen Seminar an ihrer Arbeit sitzt und vielleicht im gleichen Augenblick ebenso an mich denkt wie ich an sie. –

Ihr Thema ist der Vergleich des Lustspiels "Amphithrion" bei Kleist mit der Version des portugiesischen Dichters Camões. Sie ist in Portugal aufgewachsen, wo ihr Vater das deutsche

Gymnasium in Coimbra geleitet hat. Daher spricht sie fließend portugiesisch.

Ihr Studium finanziert sie als Dolmetscherin für die portugiesische Botschaft. Auch dort schätzt und liebt man sie. Häufig ist sie zu Gast im Presseclub und in den besten Restaurants in Bonn, wohin man sie nach dem Übersetzen einlädt.

Wenn sie an solchen Abenden als Grande Dame verkleidet in die elegante Welt der Diplomatie aufbricht, bin ich stolz darauf, an ihrer Seite zu sein, wenn ich sie auf ihrem Weg zur Botschaft begleite. Kurz vorher allerdings trennen wir uns. Sie möchte allein dort ankommen.

Tags darauf ist sie dann wieder die kleine Studentin, die mir fröhlich klingelnd auf ihrem Fahrrad in ihrem bunten, wehenden Sommerkleid entgegenkommt, glücklich, dass ihr Konto nun wieder aus den roten Zahlen ist.

„Das muss gefeiert werden", sagt sie, und kurz entschlossen planen wir eine gemeinsame Pfingsttour, packen ein paar Sachen auf unsere Fahrräder, fahren mit dem Zug bis Boppard und beginnen unsere erste gemeinsame Reise zu zweit: Burg Maus, Burg Katz, die Loreley, die Pfalz, der Mäuseturm, Rüdesheim... Aber dann werden wir doch allmählich müde.

In den Rheinwiesen suchen wir uns ein Plätzchen, breiten unsere Wolldecke zwischen Gänseblümchen und Wiesenschaumkraut unter den blühenden Obstbäumen aus, machen uns über unseren Proviant her und tafeln. Als die Sonne untergeht, hüllen wir uns in unsere Decke und schauen in den Abendhimmel, bis das Rot verblasst und die ersten Sterne sichtbar werden. Im bereits nächtlich feuchten Gras bereiten wir uns ein Lager.

Eng an einander gedrängt liegen wir beisammen und wärmen uns so gut es geht. Es nützt zwar nicht viel, aber es ist wunderschön, die fremde, und doch ein wenig schon vertraute

Wärme wahrzunehmen. Natürlich frieren wir trotzdem. Doch keiner sagt es.

Am Morgen sind wir völlig durchgefroren. Die ersten Sonnenstrahlen haben noch keine Kraft. Wir packen unsere Sachen, steigen auf die Räder und fahren zwischen Rhein und Taunus, dann am Fuße des Odenwaldes durch die blühende, allmählich sich erwärmende Maienlandschaft. Gegen Abend in Heidelberg angekommen, kaufen wir uns Baguette, Käse und Rotwein, picknicken auf der Kaimauer nicht weit von der alten Neckarbrücke und beobachten die Kähne in den Schleusen.

Ein Schiffer bemerkt uns.

"Na, schmeckt's?"

"Vielen Dank! Sehr gut."

"Wo wollt ihr denn noch hin?"

"Wissen wir selbst noch nicht. Und Sie?"

"Ich soll in Duisburg neue Ladung nehmen."

"Da könnten Sie uns ja bis Bonn mitnehmen."

Mehr im Scherz, aber voller geheimer Hoffnung, haben wir die Frage gewagt.

"Wir fahren nicht mit ganzer Mannschaft. Vorne ist eine Koje frei. Wenn Euch das reicht."

Und ob das reichte.

„Das wäre toll!"

„Na, dann kommt mal rüber!"

An diesem Abend fährt unser Schiff nur noch bis hinter die letzte Schleuse vor der Einmündung in den Rhein, um dort zu ankern. Wir gehen von Bord, spazieren eine Weile am Neckarufer entlang, aber dann zieht es uns früh in unsere warme Koje. Zum ersten Mal in meinem Leben teile ich Schlafgemach und Bett mit einer Frau.

Unser Liebesleben, wenn überhaupt davon gesprochen werden kann, war bis dahin nicht über Händchenhalten, Umarmen und dann und wann einen Kuss hinausgekommen. Ebenso wenig wie bei meinen früheren Mädchenbekanntschaften – mit Ausnahme einer flüchtigen Ferienliebelei, bei der ich immerhin den Busen der Angebeteten hatte streicheln dürfen. – Und nun plötzlich liege ich neben meiner Sibilla in einer dunklen, engen, warmen Schlafkoje. Kein Zugabteil zu sechst, nein, wir zwei ganz allein. Wir umarmen und streicheln uns. Ich bin außer mir vor Glück. Wunschlos. Was könnte es auch Schöneres geben, als so den Augenblick zu genießen – sie in meinen Armen, ich in ihren.

Der Bazillus des Begehrens hat der Lust noch nicht zum Sieg über die Liebe verholfen, und in meinen Armen bleibt sie das kostbare Wesen, das ich für immer bei mir behalten möchte, so wie jetzt, in unendlicher Nähe.

Und doch gesellt sich heimlich und ungeladen das Verlangen dazu, das nicht allein die Hände neugierig macht. Sie muss es spüren, trotz Kleidung, und sie soll es ruhig wissen. Auch das bin ich. Zumindest ein Teil von mir.

Weiter gehen die verliebten Spiele nicht, aber sie werden uns nicht langweilig. Wir schlafen kaum. Immer wieder werde ich wach in der ungewohnten, schönen Enge. Dann ziehe ich sie an mich, bis auch sie erwacht.

„Weißt du, wo du bist?", flüstere ich.

„Ja. Bei dir", sagt sie jedes Mal ganz leise.

Mit einem plötzlichen ohrenbetäubenden Lärm weckt uns im Morgengrauen der Dieselmotor der Ankerwinde direkt neben unserer Koje. Schlaftrunken gehen wir an Deck, den neuen Tag und unsere neue Welt zu begrüßen.

Nebel liegt über dem Fluss. Die vorüberziehenden Uferwiesen sind noch nächtlich grau. Der Morgen verbreitet sein erstes schwaches Tageslicht – es gibt noch keine Schatten. Hier und da verschreckte Wasservögel, vom Lärm des Schiffes aufgescheucht.

Von der Brücke her winken uns der Kapitän und seine Frau und laden uns zum Kaffee ein. Ich bin verlegen, habe das Gefühl, sie müssten mir ansehen, wie mich die Nacht verändert hat. Doch es beginnt ein ungezwungenes, familiäres Plaudern, gerade so als wäre nichts Ungewöhnliches geschehen. Eigentlich ganz natürlich, schließlich sind wir ein junges Pärchen auf Pfingsttour. Sie fragen uns, was wir studieren, was wir später einmal vorhätten. Wie viele Kinder wir haben wollten, werden wir gefragt, als ob es das Selbstverständlichste von der Welt wäre.

Im Gegenzug erklärt man uns Einzelheiten zum Schiff, Vorfahrtsregeln auf dem Rhein und die Bedeutung von Flaggenzeichen und Bojen.

Nach einiger Zeit ziehen wir uns zurück und lassen, vorne auf dem Bug für uns allein, die schöne, inzwischen sonnenbeschienene Landschaft vorüberziehen – und verlieren uns in unseren Gedanken an die vergangenen Stunden und an eine gemeinsame Zukunft.

Für mich ist ein neues Leben angebrochen. Ich kann mir nicht vorstellen, dass es für Sibilla anders ist. Oder wird alles so sein als wäre nichts gewesen, sobald wir in Bonn von Bord gehen?

Zunächst aber gibt es noch einen willkommenen Aufschub: In Neuwied macht unsere "Milna" noch einmal fest für eine Nacht.

Auf der Terrasse eines altmodischen Restaurants am Flussufer gönnen wir uns einen Schoppen Wein und genießen Hand in Hand den lauen Sommerabend. – Niemand nimmt besondere Notiz von uns. Keiner findet es ungewöhnlich, als wir an Bord des Schiffes und gemeinsam in unsere kleine Koje gehen. Wir schlafen tief und glücklich.

Diesmal ist das Schiff in voller Fahrt schon mitten auf dem Fluss, als wir am Morgen an Deck kommen. Bald nach dem

Kapitänskaffee taucht das Siebengebirge vor uns aus dem Dunst der Morgensonne auf.

Wie würde der erste Abend in Bonn sein? Wie das Auseinandergehen zur Nacht? Ich wünschte mir, dass wir uns weiter so nahe blieben wie auf dem Schiff und sage es. Sibilla zögert. Dann folgt sie aber meinem Wunsch, und wir gehen zu ihr. Es scheint besiegelt. Das gemeinsame Leben beginnt.

Herrenbesuch abends nach zehn Uhr allerdings hat die Vermieterin verboten. Pünktlich um zehn führt Sibilla mich die Treppe hinunter und ich verlasse das Haus. Müde, allein und doch als spürte ich sie noch ganz nah bei mir, nachtwandle ich zu meiner Bude. Unvergleichliche Glücksgefühle erfüllen mich. Der Kopf ist übervoll, kann es noch nicht fassen. Oder träume ich bereits? Gott sei Dank nicht. Dennoch geht das schöne Wachen bald in Schlaf über.

Zum Frühstück darf ich wiederkommen. – Das war erlaubt in jener Zeit.

Es ist nicht weit von mir zu ihr, von der Rittershausstraße zur Burgstraße, weder geografisch noch linguistisch, schon gar nicht für einen Verliebten.

Mein erster Sommer zu zweit. Zwei Uhren ticken nebeneinander, aber nur die eine, die neue zählt. Die Tage werden nach Gelegenheiten des Zusammenseins geplant. Die Pausen dazwischen sind verlorene Zeit. Zwar werden Vorlesungen und Praktika regelmäßig besucht, darüber hinaus studiere ich aber nur in den wenigen Stunden, die Sibilla mit ihren Seminaren beschäftigt ist oder an Übersetzungen arbeitet.

Bei ihrer Examensarbeit ist kein Ende abzusehen. Sie sammelt Material. Sammelt, sammelt und sammelt. Ihre drei Karteikästen – einer für Kleist, einer für Camões, einer für Textstellen, die beide angehen – quellen über. Doch je mehr Material sich anhäuft, desto schwieriger wird es, alles zu

ordnen und zu einer wissenschaftlichen Arbeit zusammenzu-
fügen, und sie flüchtet sich in Übersetzungen und gemeinsames Nichtstun.

Es ist ja viel schöner, zum Schwimmen zu gehen. Bücher kann
man auch am Wasser lesen. Es gibt einen See in der Nähe an
einem alten, inzwischen von Wald umwachsenen Steinbruch in
Niederdollendorf. Wir schwimmen hinüber zu einer kleinen
sandigen Halbinsel unterhalb einer Felswand, die zu Fuß nicht
zu erreichen ist. Es ist der bevorzugte Badeplatz unseres
Chores. Aber meist sind wir ungestört.

Die Bücher bleiben ungelesen. Die Wärme der Sonne und die
Berührung der Hände, mehr und mehr vertraut, aber noch
lange nicht alltäglich, entführen mich in die Welt schöner
Zukunftsträume.

Und doch bleibt die bange Frage. Würden wir die acht Jahre
überwinden können, die uns trennen? Den Erfahrungsunter-
schied?

Beim Schoppen Wein nach der Chorprobe im Gartenlokal, auf
dem Weg zur Burg- oder Rittershausstraße oder auf der Liege
in Sibillas möbliertem Zimmer unterhalten wir uns niemals
über meine Studiengebiete: Kerntechnik, Strömungslehre oder
Differentialgleichungen. Natürlich nicht. Hätte auch keinen
Sinn. "Für Mathematik habe ich mich nie interessiert", und
„Quantentheorie ist sicher schwierig, aber Relativitätstheorie
stelle ich mir einfach vor". Das hatte gereicht. Dann lieber
Sartre, Ionesco, Nouvelle Vague. Neuland. Interessantes
Neuland. Faszinierendes Neuland. Teilhabe an Sibillas
poetischen Höhenflug – zunächst allerdings nur als Zaunkönig.
Marcel Proust und Sartre waren mir zu langweilig, und ich
habe sie nach wenigen Seiten aus der Hand gelegt, um
Interessanteres zu suchen. Aber das sage ich nicht. Will mich
nicht als Banause entlarven.

Ich habe mir eine Literaturgeschichte gekauft. An Abenden, die wir nicht gemeinsam verbringen, stöbere ich darin. Heimlich. Suche Hilfe beim Zugang zu Sibillas Gedankenwelten, in die ich ihr mit Bewunderung, Neugier, aber auch Eifersucht folge. Ich höre ihr zu, versuche, sie zu verstehen und alles für mich zu ordnen. Ich frage nach, lese nach. Allmählich fühle ich, wie ich Zugang zu ihrer Welt finde – bisher nur als Gast aus einem anderen Land, aber es wächst das verlangen, zu emigrieren.

Doch ich entdecke auch Widersprüche im neuen göttlichen Wort. Sie verteidigt ihren Sockel. Mit einem Sperrfeuer von Bildungswissen versucht sie, meine Zweifel im Keime zu ersticken. Will nicht herabsteigen. Möchte sich nicht auf eine Stufe stellen mit ihrem Novizen.

Mit Logik ist ihr nicht beizukommen. Es ist als spräche ich zu ihr in einer unverständlichen fremden Sprache. Auf kritische Fragen findet sie keine Antworten.

Sie reagiert, wie wir es kennen, wenn uns ein Ausländer Fragen zur deutschen Grammatik stellt. Wir beherrschen die Sprache, aber die Regeln sind uns nicht bewusst.

„Das ist einfach so", antwortet sie dann.

„Und warum ist das so?"

Sie versucht, es mir zu erklären. Ich kann ihr nicht folgen. Meine Einwände sieht sie nicht ein. Will sie nicht oder kann sie nicht? Ist ihre Kritikfähigkeit in ihrem Wissen ertrunken?

Wir sehen den Film ‚Der Engel, der seine Harfe versetzte'.

„Ganz schön kitschig" ist ihr Kommentar, als wir aus dem Kino kommen.

„Wieso Kitsch?", frage ich.

Sie erklärt mir, dass in der Kunst Form und Inhalt übereinstimmen müssen.

„Das geht nicht", erwidere ich gereizt, „Form und Inhalt können nicht übereinstimmen, es sind inkommensurable Begriffe".

„Gut, sie müssen halt zu einander passen."

„Und wer entscheidet das? Gibt es da eindeutige Regeln? Definitionen?"

„Ich habe sie dir doch gegeben. Übereinstimmung von Form und Inhalt."

„Und was, bitteschön, stimmt in der Form beim ‚Engel der seine Harfe versetzte' nicht mit dem Inhalt überein?", versuche ich die Unterhaltung in ihrer Terminologie fortzusetzen.

Keine Antwort. Schade. Wir reden an einander vorbei.

Es kommt vor, dass wir nach solchen Gesprächen abends im Streit auseinander gehen. Jeder allein auf sein Zimmer. Dann kann es sein, dass wir tagelang nicht zur üblichen Zeit in der Mensa essen, um uns nicht zu sehen oder, fast noch schlimmer, dass wir uns wie Fremde begegnen. Manchmal weiß ich nicht einmal, wodurch ich Sibillas Verstimmung hervorgerufen habe. Ich suche doch sehnlich ihre Nähe. Möchte sie verstehen. Liebe sie.

Wenn Sibilla an solchen Tagen in den Presseclub zum Dolmetschen geht, frisch frisiert und geschminkt, elegant in ein Mäntelchen gehüllt und nach französischem Maiglöckchenparfum duftend, ist es nicht mehr wie früher. Ich bin verunsichert. Fühle, wie sie mir in eine andere, für mich verschlossene Welt entflieht. Ich bleibe ohnmächtig zurück, betrachte mich im Spiegel, starre auf den kleinen unbedeutenden Physikstudenten im dritten Semester und verzweifle an der Aussichtslosigkeit unserer Liebe.

Dann irre ich am Abend durch die Straße, in der sie wohnt, schaue, ob und wann wohl das Licht in ihrem Zimmer angeht...

Aber wir finden uns wieder. Verletzt, betrübt, still und traurig. Bis die Stimmung plötzlich grundlos umschlägt und wir uns überglücklich in die Arme fallen, erleichtert, wie aus einem bösen Traum erwacht.

Das Semester geht zu Ende. In den Semesterferien fahre ich nach Düsseldorf und arbeite als Werkstudent im Lohnbüro eines Stahlwerks. Sibilla fliegt nach Portugal. Von dort kommt der Brief. Sie weiß nicht, ob und wie es mit uns weitergehen soll. Gibt sie auf?

Zurück in Bonn, zieht es mich sofort zur Burgstraße. Ihr rotes Fahrrad steht vor der Tür. Sie ist nicht fortgezogen. Ich zögere, traue mich nicht, gehe weiter. Aber was könnte ich verlieren, das ich nicht schon verloren habe? Ich lege mir einen ersten Satz zurecht. Klingt gar nicht schlecht, finde ich. –
Und was, wenn sie nicht allein ist?
Sie ist allein, sehr allein sogar bis zu dem Augenblick, als ich bei ihr klingele.
Wir stehen uns gegenüber wie zwei Hunde, die sich angebellt und bedroht haben, solange ein Zaun sie trennte. Bietet sich dann plötzlich ein Durchschlupf, hört das Bellen auf, wie wenn es niemals stattgefunden hätte.
Wir haben uns nicht angebellt. Nicht einmal böse sind wir einander gewesen. Wortlos fallen wir uns in die Arme. Als hätte es keinen Brief und keine Antwort gegeben. Sie ist wieder – oder immer noch – meine Sibilla. Und wie früher hören wir das Carnegie-Hall-Concert und die Hammerklavier-sonate.
Wir gehen behutsamer mit einander um. Irgendetwas in uns ist zersprungen. An der Oberfläche wächst es ganz allmählich heilend wieder zusammen. Kaum sichtbare Narben sind geblieben.
Ihre Angriffe verletzen mich jetzt weniger. Ich halte mich zurück, höre ihr zu, versuche, ihren Vorstellungen zu folgen.

Einfach nur zu folgen. Ohne sezierende Analyse. Ich spüre, dass ich sie so besser verstehe. Wohlbemerkt sie, meine Sibilla. Nicht die Inhalte ihrer Äußerungen, die mir nach wie vor oft unüberlegt erscheinen.

Eines Tages, als sie erschöpft und niedergeschlagen von ihrer Examensarbeit spricht, biete ich ihr meine Hilfe an. Spontan lehnt sie empört ab. Doch dann lässt sie sich überreden, geht auf meinen Vorschlag ein und gibt mir eine Art Stoffsammlung.

Ein Wochenende lang vertiefe ich mich in ihre Notizen. Am Ende schreibe ich ihr eine Gliederung. Gespannt auf ihr Urteil, unsicher, aber doch auch ein wenig stolz, gebe sie ihr am Montag.

Kein Kommentar. Sie spricht nicht mehr über ihre Arbeit. Ich frage nach, keine Antwort. Ich begreife es nicht. Gerade jetzt, wo ich hoffte, mit meinem Gesellenstück für sie endlich zum ernst zu nehmenden Partner geworden zu sein. Ich vermute, sie hat Hilfe von anderer Seite.

Gegen Ende des Semesters mache ich mein Vordiplom. Am Morgen danach, sie war die Nacht bei mir geblieben und wir haben gerade zusammen in meiner Bude gefrühstückt, da steht sie auf, kommt auf mich zu, schaut mir traurig in die Augen und sagt, es geht nicht mehr. Sie will sich von mir trennen. Endgültig. Den wahren Grund weiß ich nicht. Sie redet nicht darüber.

Ich solle es uns nicht unnötig schwer machen, sagt sie und streicht mir wie einem kleinen Jungen über das Haar. Dann dreht sie sich um, lehnt sich mit ihrem Rücken gegen mich, schlingt meine Arme um sich und wünscht sich, dass ich sie noch einmal ganz fest an mich drücke. Und wie ein kleiner Junge gehorche ich. Wie ein kleiner Junge, dem sein liebstes Spielzeug genommen werden soll, presse ich sie an mich, als wolle ich sie niemals mehr loslassen, wie ein kleiner Junge, der weiß, dass er sie nicht behalten darf, da sie ihm nicht gehört. Ohne zu überlegen, verstehe ich sie. Ich liebe sie. Und wie ein braver kleiner Junge gebe ich sie frei.

Ich gehöre wieder mir selbst. Viel zu lange habe ich gezögert. Längst war es fällig. Aber nun ist es endgültig. Ich habe mich von Jean getrennt.

Die Spannung ist von mir gewichen. Matte, aber wohltuende Leere ist an ihre Stelle getreten. Keine Angst mehr, zu versagen, ihm nicht genügen zu können, ihm, dem alles an sich reißenden französischen Theaterchef, meinem großen Maestro. Ich war seine Schülerin in Ionescos „La Leçon". Kraft seiner Rolle hat er mich als erbarmungsloser Lehrer tyrannisiert, erniedrigt, misshandelt und schließlich umgebracht. Hat mich als Regisseur der französischen Theatergruppe mit Forderungen zugeschüttet, um mich nach seinen überspannten Vorstellungen zu formen, hat aufgereizt reagiert, wenn ich es nicht schaffte, seine sich ständig ändernden Ideen umzusetzen und war zuletzt von seiner teuflischen Doppelrolle so besessen, dass er sie Tag und Nacht in grausamem Sadismus weiterspielte.

Dann die Tournee. Ausverkaufte Vorstellungen. Ein Erfolg reihte sich an den anderen. Er feierte mich enthusiastisch im Überschwang seiner narzisstischen Begeisterung, fasziniert davon, was er aus mir gemacht hatte, begeistert von dem Geschöpf, das er dem Publikum vorführte und das ihm und mir den Applaus einbrachte. Aber mich, Sibilla, nahm er nicht mehr wahr. Ich war ihm abhanden gekommen, existierte überhaupt nicht mehr.

Wir sprachen französisch mit einander, seine Sprache, Ionescos Sprache. Am Theater ebenso wie privat. Auf der Bühne ebenso wie im Bett. Er lehrte mich, was Geschmack ist, was Liebe ist, was Erotik ist, was Sex ist, was Stil, was Lebensart, was Kultur ist. Französische Kultur. Natürlich.

Seine Kultur. Eine andere gab es nicht. Auch für mich nicht mehr.

Schließlich hat Ionesco gesiegt. Das Absurde hatte sich unserer Liebe bemächtigt, hatte sie aufgesaugt, sinnlos gemacht, zerstört. Mich zerstört. Auch ich war süchtig geworden. Aber ich wusste nicht mehr, wonach.

Am Ende trennten wir uns im Streit. Meine lächerliche Examensarbeit werde er irgendwann an einem Wochenende schreiben, hatte er mir entgegen geschleudert. „Mit Auszeichnung!", schrie er mir nach, als ich die Tür hinter mir zugeschlagen hatte.

Ich hätte es nicht länger ausgehalten. Wäre verrückt geworden. Musste ihm entfliehen, um überleben zu lassen, was von mir übrig geblieben war. Nie wieder werde ich sein können wie vorher.

Jean ist geblieben wie er war. In einem anderen Land. In seinem Land. In Frankreich. Blickt stolz zurück auf sein erfolgreiches Gastspiel. Wird schnell eine Neue gefunden haben, die ihm hörig ist, wie ich es war.

Ich werfe mich auf mein Studium, spreche seit langem zum ersten Mal wieder mit dem Professor über meine Examensarbeit, wühle mich durch die Sekundärliteratur, sammle Informationen und Meinungen. Schuhkartons füllen sich mit Karteikarten voller Zitate und Ideen.

Allmählich finde ich zu mir zurück. Ich fange wieder an, wie früher regelmäßig im Universitätschor zu singen. Habe mich sogar zu einer Konzertreise nach Paris überreden lassen. Obwohl ich Angst habe vor Paris, wo wir so oft gewesen sind. Vor seinem Paris, das nie meines geworden ist. Ich will mir beweisen, dass ich auch ohne Jean Paris genießen kann.

Im Chor verfolgen mich einige der Sänger. Dezent, höflich, aber zäh. Sie sind sicherlich ganz anders, aber ich sehe in jedem Mann, der mir begegnet, einen neuen besitzgierigen, mich verschlingenden Jean – doch keiner hat seine Ausstrahlung. Ich fühle mich angewidert.

Auf der Reise versuche ich, ihnen zu entkommen. Ich schließe mich einem jungen neuen Chormitglied an – Hans Joseph – der so kindlich und harmlos ist, dass ich mich in seiner Gegenwart sicher fühle. Wahrscheinlich ist er in mich verliebt. Aber er bedrängt mich nicht. Rechnet sich auch sicher keine Chancen aus und begnügt sich damit, in meiner Nähe zu sein. Bei der Hinfahrt im Nachtzug sehe ich zu, dass er zwischen mir und den anderen zu liegen kommt.

Beide profitieren wir von unserer Symbiose: Er genießt es, dass er willkommen ist, ich nutze ihn zur Abschirmung gegen andere Attacken. Diese bleiben natürlich trotzdem nicht aus, prallen aber wirkungslos von mir ab. Kein Interesse.

Joseph war noch nie in Paris. Ich führe ihn zur Île de Seine, zeige ihm die Sainte Chapelle, erzähle ihm am Quai des Orphèvres von Jean Simenon, und er hört mir interessiert zu.

Abends, wenn wir durch die Straßen bummeln, nimmt er meine Hand. Beim Glas Wein bittet er darum, von meiner Zigarette ein paar Züge mitrauchen zu dürfen. Er rauche sonst nicht. Eine ganze sei ihm zu viel, sagt er.

Seine kleinen Intimitäten sind so harmlos, dass ich sie dulde, ja sogar angenehm finde. Und so sitzen wir zu zweit an der Seine, blicken auf das Wasser, jeder in seinen Gedanken, und wir rauchen unsere gemeinsame Zigarette. Bald stört es uns auch nicht mehr, wenn die anderen aus der Gruppe es bemerken.

Bei der Rückreise kaufe ich ihm zur Erinnerung am Gare du Nord einen französischen Maigret. Er bittet um eine Widmung. Doch da kommt wieder die Blockade. Ich weigere mich, etwas Französisches hineinzuschreiben. Es ist noch so wach in mir. Ich stehe immer noch nicht darüber.

Aber in Deutsch, das geht auch nicht. Also schreibe ich „Sibilla & Joseph, Paris 1961". Seine Freunde nennen ihn Hans. Mir gefällt Joseph besser.

Im Nachtzug zurück nach Köln sitze ich wieder am Rand des Abteils. Joseph mir gegenüber. Auch als die Sitze zum Schlafen ausgezogen werden, wagt kein anderer, den Platz neben mir zu belegen. Man lässt ihn wie selbstverständlich frei für Joseph.

Es ist schön, seine beruhigende Nähe und kindliche Wärme zu spüren. Ich glaube ich mag ihn mehr als ich mir eingestehe.

In Bonn zurück, treffen wir uns regelmäßig bei den Chorabenden. Ab und zu essen wir zusammen in der Mensa.

Während der Zeit mit Jean habe ich meine anderen damaligen Freunde vernachlässigt. Er hatte sie aus meinem Bewusstsein gedrängt. Jetzt besitze ich – außer im Presseclub, wo ich gelegentlich für die Portugiesen dolmetsche – keine vertrauten Bekannten mehr, auch keine gute Freundin. Neue Filme, die mich interessieren, schaue ich mir mit Joseph an. Er ist keine anregende Kinobegleitung. Eben kein Jean – halt nur Hans Joseph, der liebe kleine Physiker. Rührend unbeholfen. Aber ein Freund, wie ich ihn mir seit langem gewünscht hatte. Lässt mich zur Ruhe, zu mir selbst kommen. Hört mir zu, nimmt mich ernst. Schade, dass er so unsäglich unbedarft ist.

Er hat nicht viel erlebt – von der Welt, der Kunst, dem Theater und auch vom Film, alles ist ihm neu. Unterhaltungen bleiben an der Oberfläche, obwohl er an allem sehr interessiert ist. Wir haben keine Berührungspunkte aus der Vergangenheit.

Inzwischen macht er immerhin auch selbst Vorschläge, was man sich ansehen solle und stellt interessiert Fragen zum gemeinsam Gesehenen.

Er will verstehen, begreifen, philosophische Hintergründe entdecken und analysieren. Die eigentlichen, die künstlerischen Gehalte – und wofür dreht man schließlich einen Film und schreibt keine Abhandlung? – sind für ihn nur erfreuliches Beiwerk. Mehr nicht.

Er ist halt noch sehr jung. Fast acht Jahre jünger als ich mit meinen inzwischen immerhin 28 Jahren. Und außerdem Naturwissenschaftler.

So bleibt Jean weiter präsent, drängt sich zum unerwünschten Vergleich auf und zwängt sich immer wieder als unheiliger, zerstörerischer Geist zwischen uns.

Mittlerweile treffe ich Joseph täglich in der Mensa, und es vergeht keine Woche, in der wir nicht wenigstens einen Abend gemeinsam verbringen. Am Ende bringt er mich dann brav nach Hause.

Zu Pfingsten schlägt er überraschend eine Radtour vor.

„Den Rhein entlang, mal sehen, wie weit wir kommen."

„Und wo bleiben wir abends?" frage ich, unwillkommene Annäherung fürchtend.

„Im Freien, wenn es warm genug ist. Und wenn nicht, in der Jugendherberge."

Ich stimme zu. Bis Boppard fahren wir mit dem Zug. Dann mit den Rädern den Rhein entlang. Am ersten Tag kommen wir bis Rüdesheim und picknicken am Abend in den Rheinwiesen, unter blühenden Obstbäumen, bis es dunkel ist. Dank unseres Beaujolais bemerken wir kaum, wie kalt es ist und schlafen unter einem Apfelbaum. In geschwisterlicher Umarmung. Tief und fest – ich jedenfalls – bis wir dann gegen Morgen durchgefroren erwachen.

Tags darauf geht es weiter rheinaufwärts. Bensheim umfahren wir. Meine Eltern leben dort. Ich fände es unpassend, sie mit Joseph zu besuchen. Er weiß nicht, dass ich dort zu Hause bin.

Am nächsten Tag kommen wir bis Heidelberg. Zufällig ergibt es sich, dass uns ein Frachtkahn zurück nach Bonn mitnimmt.

An Bord wird uns sogar eine Koje zur Verfügung gestellt. Nach unserer Nacht in den Rheinwiesen habe ich keine Bedenken mehr, mit Joseph die Koje zu teilen. Er gesteht mir, dass er noch nie zuvor eine Nacht mit einer Frau verbracht hat. Ich lasse mich auf ein Schmusen ein wie zwischen Teenagern, was in seiner Ehrlichkeit und Harmlosigkeit ergreifend ist. Er ist in so rührender Weise sanft und vorsichtig, dass ich nicht widerstehen kann, sein Streicheln, innerlich lächelnd, zu akzeptieren, es zunehmend zu genießen und schließlich sogar zu erwidern. Das Schifferehepaar lädt uns zum Frühstück ein und erkundigt sich nach unseren Zukunftsplänen. Joseph wird ganz verlegen, als sie wie selbstverständlich fragen, wie viele Kinder wir denn einmal haben möchten. Mittags picknicken wir zu zweit ganz vorn im Bug, während der Mäuseturm, die Pfalz und die Loreley an uns vorüber ziehen.

Am Abend erreichen wir Neuwied und gehen von Bord, bummeln Hand in Hand durch den Ort und finden bald ein Weinlokal, das uns gefällt. Händchen haltend trinken wir unser Viertelchen in einem Weingarten am Ufer des inzwischen nächtlichen Rhein.

Ich tauche ein in ein völlig vergessenes naives Leben. Rührselige Tanzstundenzweisamkeit. Er benimmt sich wie im schlimmsten Heimatfilm, wo der Junge sich nicht traut, endlich zu tun, was das Mädchen sich seit langem ersehnt. Mir ist es lieber so. Nicht dass ich ihn zappeln lassen möchte. Nein, das hat er nicht verdient. Er wird von allein kommen. Lange wird es nicht mehr dauern. Und dann muss ich eine Entscheidung treffen. Aber welche? Erwarte ich denn etwas? Will ich mehr? Eigentlich nicht. Es ist schön so.

Ein wenig unangenehm ist mir der Gedanke, Freunde von der Theatergruppe könnten mich so sehen. – Im Chor nennen sie ihn Hänschen, wenn sie sich über uns lustig machen wollen und nach ihm fragen. – Eifersucht? Sicher auch. Aber nicht nur. Alle haben Jean gekannt. Und nun Hänschen?

Eine zweite Nacht bleiben wir auf dem Schiff, ehe wir in Bonn ankommen. Wäre ich noch Jungfrau gewesen, ich wäre es auch bei unserer Rheinfahrt geblieben.

Zurück in Bonn geht ein wunderschöner Pfingstausflug zu Ende. Eine erholsame kleine Abwechslung. Mehr war es ja wohl nicht.

„Fast war es wie eine Verlobungsreise", sagt Joseph wie im Scherz. Natürlich ist es keiner. Es musste ja so kommen.

Ich will mir unbedingt meine gerade erst erkämpfte Freiheit bewahren. Keinen neuen Beziehungsstress. Aber verlieren möchte ich ihn nun auch nicht mehr. Und schon gar nicht verletzen. Ich bleibe die Antwort schuldig.

Er begleitet mich bis in die Burgstraße, wo ich im Obergeschoss des Einfamilienhauses einer Witwe wohne. Beim Abschied sieht er mich so unendlich traurig an, dass ich ihn für ein Stündchen zu mir in mein Zimmer einlade.

Jean war nur selten hier gewesen. Dennoch habe ich mir danach eine neue Liege beschafft und alles entfernt, was mich an ihn hätte erinnern können. Als mein Bruder mich kurz vor Ostern besuchte, brachte er mir von zu Hause meine alte portugiesische Tagesdecke mit den eingewebten bunten Hähnen mit. Sie macht das im gutbürgerlichen Stil meiner Wirtin möblierte Zimmer jetzt beinahe gemütlich.

Ich koche uns einen Kaffee, wir rauchen eine Zigarette zusammen, legen uns auf meine Liege und hören ein paar Platten. Ansonsten bleibt alles wie auf unserem Rheinkahn. So entspannt, so angenehm kann ein Zusammensein sein. Ich hatte das fast vergessen.

„Herrenbesuch" gestattet meine Wirtin nur bis 22.00 Uhr. Es ist also kein persönlicher Rausschmiss, wenn ich ihn bitte, zu gehen.

Tags darauf kommt er mit Brötchen, und wir machen ein Picknick im Siebengebirge. Danach gehe ich in die Uni. Aber ich komme nicht an meine Arbeit. Stattdessen plaudere ich mit einem der wenigen Kommilitonen, die am Dienstag nach Pfingsten schon wieder im Seminar sind. Ich kenne ihn seit langem. Wir arbeiten bei demselben Professor. Er allerdings bereits als Doktorand. Manchmal gibt er mir gute Tipps für meine Arbeit. Ein sehr netter Typ. War lange Zeit mit einer meiner Freundinnen zusammen, aber vor ein paar Wochen haben sie sich getrennt. Seitdem lässt er sich einen Bart wachsen. Steht ihm gut bei seinem dunklen Teint und den pechschwarzen Haaren, und ich mache ihm ein Kompliment. Das schmeichelt ihm so sehr, dass er mich gleich zum Essen im „Alten Hut" einlädt, einem schicken kleinen Altstadtlokal, in dem er mich einmal mit einer portugiesischen Delegation gesehen hat. Einen Augenblick schwanke ich, aber dann lehne ich ab. Bin mit Joseph zum Kino verabredet, was ich jetzt bedaure. Doch ich mag ihm nicht absagen.

Nach dem Film gehen wir noch ein Stück durch den späten Abend, und diesmal landen wir am Ende bei Joseph in seiner primitiven – aber „sturmfreien" – Studentenbude unter dem Dachboden eines muffigen, viergeschossigen Mietshauses. Apfelsinenkistenmobiliar und ein Bett hinter dem Vorhang – die gemeinsame Toilette für die drei Studentenbuden allerdings unten im Keller. Waschbecken immerhin oben auf dem Flur. Dafür aber neben dem Bett eine Stereoanlage mit selbstgebastelter Weckautomatik. Konsequent scheußlich, aber irgendwie alles aus einem Guss. Was hätte Jean wohl gedacht, wenn er mich hier gesehen hätte? Hand in Hand mit meinem kleinen Physiker auf Kisten neben einer Stereoanlage?

Den Frühstückskaffee gibt es diesmal bei ihm. Er bringt ihn mir ans Bett. Nescafé.

Es scheint besiegelt. Wir sind zurzeit wohl wirklich ein Paar.

In den nächsten Wochen ändert sich wenig, nur dass wir uns viel öfter sehen. Nach wie vor dulde ich keine Zärtlichkeiten in der Öffentlichkeit. Dabei ist er ja so verliebt. Verliebt in einer berührenden Weise. In geradezu ansteckender Weise. Ich weiß zwar nicht, ob es auch bei mir Verliebtheit ist, was mich mehr und mehr zu ihm hinzieht, aber es ist ein wärmender Lichtblick, wenn ich mittags in die Mensa gehe und mich seine suchenden Augen erwarten, froh, mich endlich kommen zu sehen.

Inzwischen gehört er einfach zu mir. Ich freue mich auf seine Nähe, wenn ich den Tag über im Seminar oder in der Universitätsbibliothek gesessen habe und dann am Abend der verwirrenden Welt der vergleichenden Literaturwissenschaften entfliehe und Teil seines einfachen anspruchslosen Lebens werde.

Ab und zu, wenn wir uns nicht trennen können, verbringen wir die Nacht bei Joseph hoch oben unter dem Dach.

Er ist scheu und unerfahren, aber er lernt schnell, was mir wohltut, was ich mir wünsche, was mir angenehm ist. Nie hätte ich es für möglich gehalten, einmal eine Lehrerin der Liebeskunst zu werden, doch ich beginne, aus dem unberührten Knaben einen kleinen Verführer zu machen, meinen eigenen persönlichen kleinen Verführer. – Noch fehlt ihm der Mut zum letzten Schritt. Schade eigentlich. Doch das muss von ihm selbst kommen. – Was Jean zu viel hatte, hat er zu wenig.

Und so bleibt es. –

Wir gehen viel ins Kino. Wenn er etwas nicht versteht, sagt er es sofort und stellt Fragen. Leider fast immer die falschen Fragen. Fragen, die ich mir nie gestellt habe, die mich nicht interessieren, die ich mir nie stellen würde, die am Wesentlichen vorbei gehen, zugleich aber Fragen, auf die ich daher auch keine Antworten weiß, Fragen, auf die ich überhaupt keine Antworten wissen will. Unwichtige, uninteressante, und trotzdem verunsichernde, lästige Fragen. Passe ich nicht auf, so verwickelt mich in Widersprüche. Ich frage mich, ist es Unbedarftheit oder Anmaßung, wenn er so rechthaberisch über Nichtigkeiten mit mir diskutiert?

Wir kommen wir aus dem Kino. Ein schnulziger Kurt-Hoffmann-Film: „Der Engel, der seine Harfe versetzte." Joseph findet ihn gut. Er meint, die Engelsgestalt des Films habe Ähnlichkeit mit mir. Immerhin recht schmeichelhaft.

„Ganz schön kitschig", sage ich und denke mir nichts dabei.

„Wieso Kitsch?", hakt er ein.

Ich erkläre ihm, dass in der Kunst Form und Inhalt übereinstimmen müssen.

„Das geht nicht", widerspricht er besserwisserisch, „Form und Inhalt können nicht übereinstimmen, es sind inkommensurable Begriffe".

„Gut, sie müssen halt zu einander passen."

„Und wer entscheidet das? Gibt es da eindeutige Regeln? Definitionen?"

„Ich habe sie dir doch gegeben. Übereinstimmung von Form und Inhalt."

„Und was, bitteschön, stimmt in der Form beim ‚Engel der seine Harfe versetzte' nicht mit dem Inhalt überein?"

Und so geht es weiter. Nicht enden wollende unsinnige Diskussionen. Je länger wir reden, desto mehr fühle ich mich unverstanden, provoziert, in meinem Innersten bedroht. Ich fürchte nicht, in einem Feuer von alles verschlingendem sprühendem Esprit zu verbrennen wie bei Jean, dem faszinierenden Genie, dem ich nicht genügte. Bei Joseph erlebe ich mich wie ein blühendes Moor voller schöner heiliger Geheimnisse, das er erbarmungslos trocken legen will, um es zu erforschen, ohne zu ahnen, dass er alles zerstört. Ich wehre mich. Schließlich stehe ich auf und lasse ihn, der erschreckt auch aufgestanden ist, im Lokal einfach mit den Worten stehen „Du verstehst überhaupt nichts!" und ich gehe nach Hause. Hinterher tut er mir leid. Aber es musste sein. Er ist ein kulturloser Homunculus Faber.

‚Er begreift mich nicht, hat mich nie begriffen, wird mich nie begreifen. Außerdem ist er auf die Dauer zu jung.' Schreibe ich auf einen Zettel, bevor ich zu Bett gehe und zum ersten Male wieder eine Platte höre, die ich seit meiner Trennung von Jean nicht mehr gehört habe – die ich mit Joseph zusammen niemals hören möchte: Igor Strawinsky, Le Sacre du Printemps.

In den Ferien arbeitet er als Werkstudent in einem Stahlwerk. Ich fahre nach Portugal und ich schreibe ihm, dass ich nicht weiß, ob es seine Zukunft für uns gibt. Kein guter Brief. Aber ich schicke ihn ab.

Wintersemester. Ich gehe nicht mehr in die Mensa. Fürchte, ihn dort zu treffen. Eine Woche lang. Dann eines Tages klingelt er bei mir.

Warum eigentlich habe ich mich so gefreut? Es war doch eigentlich zu Ende.

Danach wird es wieder beinahe wie vorher. Bald bleibe ich auch wieder über Nacht bei ihm. Nicht aus körperlichem Verlangen. Dafür ist er nicht männlich genug. Eher so etwas wie eine physische Liebeserklärung. Liebeserklärung nicht an ihn. An niemanden. Oder an mich. Liebe ohne Objekt. Ohne konkretisierbares Ziel. Einfach so. Sehnsucht. Liebessehnsucht um ihrer selbst willen. Ganz begreife ich es auch nicht. Und Joseph? Er stellt keine Fragen. Er scheint mich zu verstehen. Oder er glaubt es wenigstens. Sonst würde er Fragen stellen.

Nur eines begreift er nicht: Ich wünsche mir mehr als einen folgsamen Schüler. Wenn er doch endlich aufhören würde, nur auf mich zu lauschen, von sich aus etwas wagte, er selbst würde, nicht immer nur mein mir überall hin folgender Schatten bliebe!

Ich weiß ja, wie jung er ist. Dass ich seine erste Frau bin, dass er Physiker ist und kein Theatermensch, Literat oder Künstler. Vor allem aber, dass er ein lieber Kerl ist.

Später einmal, vielleicht in zehn Jahren, wenn er männliche Reife besitzt, wird er richtig gut aussehen. Bestimmt viele Verehrerinnen haben. Falls er Lehrer wird, werden die Teenager sich in ihn verlieben. Geht er in die Wirtschaft, werden ihm die Sekretärinnen alle Türen öffnen. – Ich selbst bin dann fast vierzig. Passe ich dann noch zu ihm? Würde er es nicht bereuen, wenn er bei mir bliebe? Ich wäre ihm ein Klotz am Bein. Und er mir. Man würde mich bemitleiden als alternde Frau neben einem jungen Partner im Zenit seiner Männlichkeit. Neben einem reiferen Mann würde ich eine bessere Figur machen. Und wieder wäre er zu jung. Im Abstieg anders herum ein Hemmnis als im Aufstieg. Nur für eine kurze Zeit des gemeinsamen Zenits könnten wir ein ideales Paar sein. – Wenn wir Glück hätten.

Ich schiebe meine Bedenken beiseite. Noch bin ich Studentin. Frei. Narrenfrei. Ungebunden. Überlegen. Begehrt und bewundert. Sollte es einfach genießen wie es ist. Wer weiß, ob es je wieder so schön wird! –

Aber dann, gegen Ende des Semesters, bricht es wieder auf. Er fragt immer wieder nach meiner Staatsexamensarbeit, wirft mir vor, dass ich energielos auf der Stelle trete und dass ich endlich aus der Fülle von Stoff etwas Fertiges zusammenfügen müsse, mich nur nicht traue. Recht hat er ja. Aber wie er es sagt!

Ich reagiere gereizt. Und sofort entschuldigt er sich. Doch er bittet mich, ihn nicht auszusperren aus meinem Leben.

Ich gebe nach, suche die wichtigsten Stichworte aus meinen Zettelkästen heraus, schreibe sie in einer langen Liste auf und gebe sie ihm. Er liest alles schweigend durch, stellt zu einigen Punkten Fragen, äußert sich aber nicht weiter und bittet am Ende, sie über das Wochenende behalten zu dürfen.

Von mir aus.

Wenige Tage später hat er eine Gliederung aus meiner Materialsammlung gemacht, ein komplettes gedankliches Gerüst für meine Arbeit Er maßt sich wahrhaftig an, mir kluge Ratschläge zu geben. Als wisse er besser als ich, wie man eine literaturwissenschaftliche Arbeit zu schreiben hat. Er, der das Wenige, das er weiß, von mir gelernt hat. Was ich eigentlich mit meiner Arbeit will, hat er nicht begriffen.

„In die Ecke, Besen!"

Das Thema Examensarbeit ist für mich danach tabu. Sendepause. Nur keine neue Unterdrückung.

Jean war meiner Seele verwandt und ich war Teil von ihm gewesen. Unzureichender, kleiner unterdrückter Teil. Konnte nicht mithalten. Er fesselte mich auf sein Streckbett. Ich musste mich gewaltsam befreien, um nicht zu zerreißen.

Joseph dagegen dringt mit seiner liebevollen Fürsorglichkeit wie ein Bazillus in mich ein, zersetzt mein Innerstes und lähmt mich. Lasse ich mich darauf ein, so werde ich ersticken.

Am Ende des Semesters halte ich es nicht mehr aus. Ich warte seine Vordiplomprüfung ab. Danach haben wir noch einmal eine wunderbare unbeschwerte Nacht. Am Morgen trenne mich von ihm. Es Joseph zu erklären, traue ich mich nicht. So unsicher bin ich bereits wieder.

Es geht ihm nahe. Ich weiß, wie sehr er mich liebt, aber er fügt sich. Widerstandslos.

Danach schreibe ich zusammen. Neben mir liegt sein seelenloser Ingenieursplan. Er bedrängt mich nicht mehr. Einiges übernehme ich. Eigentlich eine schöne Vorstellung, dass Joseph so doch noch in mir weiterlebt. Er hat nicht viel begriffen. Es sind tote Strukturen, die ich übernehme. Fleischlos. Mit Leben muss ich sie selbst füllen. So gelingt es. Mühsam. Aber in Freiheit.

Ein Jahr später heirate ich. Einen portugiesischen Architekten. Wir leben in Berlin.

GASTSPIEL: YOU CAN DANCE...[2]
... but save the last dance form me. –

Die Personen: **Georg**, Heike und *Ilse*

ERSTER GANG

Hahn im Korbe. - Nicht schlecht. - Darf sogar mit in den Ruheraum. - Nicht wie sonst mit Manfred ab ins Fernsehzimmer. - Keine Sportschau zwischendurch diesmal.

Sehr auffällig. - Bleibt doch sonst immer dabei. - Schickt sie mich wahrhaftig mit ihm allein in die Sauna. - Geht einfach in die Küche. - Muss er doch was ahnen.

Hab eigentlich nichts zu tun hier. - Essen ist längst vorbereitet. - Zeitung lesen will ich nicht. - Bin zu aufgeregt. - Doch nicht so cool wie ich dachte. - Dabei war es meine Idee. - Niemand zwingt mich. - Könnte es auch jederzeit abblasen. - Das mit dem Karneval hat er sofort begriffen. - Konnte man sehen. - Aber sonst hat er wohl nichts mitgekriegt. - Gut so. -
Würde mich interessieren, was die da nebenan jetzt denken. -

Spricht auch noch von Karneval. - Sehr durchschaubar. - Aber er ist ja ein Mann. - Hat keine Ahnung. - Allerdings reichlich Fantasie. - Prickelnde Fantasie. - Jedenfalls Fasching. - Die tollste, die ich kenne. - Und verrückte Ideen. - Traut er uns trotzdem nicht zu. - Selbst wenn er es kurz in Erwägung zieht. - Hätte ich ja auch nicht. - Bis gestern. -

Dass sie immer wieder davon anfangen muss. - Karneval ist nun mal was anderes. - Das begreift sie nicht. - Da ist sie immer eifersüchtig. - Und jetzt lässt sie mich auf einmal mit ihrer schicksten Freundin allein. - Zu zweit nackt eingesperrt in acht Kubikmeter heißer Luft. - Aber es ist nicht Karneval. - Da fühlt sie sich sicher. - Vertrauen ehrt. - Trotzdem seltsam. - Für Heike sicher auch. - Denkt bestimmt auch an Fasching. - Sehnt ihn sich vielleicht auch gerade herbei. - Wie ich. - Dauert aber noch ewig bis dahin. - Leider. -

Fasching ist sie total verklemmt. - Eifersüchtig. - Spaßverderberin. - Noch dazu blind. - Weiß natürlich nichts von uns. - Fast nichts. - Ahnt es nicht. - Von wem auch? - Er wird sich hüten. -

Ganz schön gemein. - Sitzt da splitternackt vor mir. - Kann ihren Busen nicht sehen. - Aber ahnen. - Mir vorstellen wie er sich anfühlt. - Käme mühelos dran. - Nur ein bisschen vorbeugen. - Besser nicht. - Zu plump. - Lieber sachte. - Erst mal nur die Schulter. - Schwacher Ersatz - Kann sie aber nicht übelnehmen. - Ist geradezu Kavalierspflicht. - Müsste sonst eigentlich beleidigt sein. -

Sollte ihnen wohl noch Zeit lassen. - Sie darf ihn ja nicht anmachen. - Nicht heimlich ohne mich. - So haben wir nicht gewettet. - Sonst wäre es aber auch aus mit der Freundschaft. - Er soll den ersten Schritt tun. - Soll es für seine Idee halten. - Grübelt jetzt bestimmt. - Macht einen Plan. - Muss erst Mut bekommen. - Das dauert. - Weiß ja nicht was gespielt wird.

Essen vorbereiten als Vorwand. - Lächerlich. - Ist doch klar was läuft. - Oder er sieht ihre Faschingsanspielung als Warnung. - Hoffentlich nicht. - Dann traut er sich nicht. - Trottel. - Hat nichts begriffen. - Ahnt nicht, was hier läuft. - Hätte ich an seiner Stelle auch nicht für möglich gehalten. - Da. - Endlich. - Hat auch lange genug gedauert. -

Hat sie offenbar erwartet. - Ist ihr keineswegs unwillkommen. - Hätte sonst nicht sofort meine Hand genommen. - Hätte sie auch einfach wegschieben können. - Dreht sich zu mir um. - Toll die Brüste unter ihren langen blonden Haaren. - Nicht Busen. - Brüste. - Geschlecht pur. - Verlockend. - Fordernd. - Trotzdem. - Halt an dich. - Nicht übereilen. - Könntest alles kaputt machen.

Vielleicht ist er zu feige. - Dabei habe ich ihn so schön ausgehungert. - Als Operationsvorbreitung. - Wäre ja schade. - Aber Quatsch. - Sie wird ihn schon dazu bringen. - Einfach anschauen. - Würde bestimmt schon reichen. - Ich kenn ihn doch. - Wäre aber eigentlich verboten. -

Das soll doch wohl nicht alles gewesen sein. - Nein. - Ist es nicht. - Na also. - Endlich. - Nanu. - Kann doch nicht wahr sein. - Seine Hand zittert. - Fühlt sich jedenfalls so an. - Gutes Zeichen. - Oder es ist meine. - Würde ihn gern ansehen. - Sehen wie er jetzt aussieht. -

Will also mehr. - Unbeschreiblich die Berührung der schweißigen Hand dieser nackten vor mir sitzenden verbotenen Frau. - Schönen Frau. - Verführerischen Frau. - Immer schon bewunderten Frau. - Weiß sie ganz genau. - Und Sexualobjekt. - Auch noch stolz darauf. - Kann sie aber auch. -

*Würde ja gern durch das Guckfenster schauen. - Kann ich
aber nicht machen. - Wäre gemein. - Ist ja kein Karnickel-
stall. - Was heißt erster Schritt? - Ist bestimmt schüchtern. -
Wird sie vorsichtig streicheln. - Oder ist doch zu feige. - Will
nicht erwischt werden. - Wird sich die Gelegenheit aber wohl
kaum entgehen lassen. - Ist ja kein Kostverächter. - Sie
übrigens auch nicht. - Er lässt sich gern Tauben gebraten ins
Maul fliegen. - Wie bei mir damals. - Immerhin fangen die
beiden ja nicht bei null an. - Hab ich ihnen ja extra noch mal
mitgegeben. -*

Ich dreh mich noch mal zu ihm um. - Sehen wie er reagiert. -
Aber nicht die Hand loslassen. -

Sah ziemlich verliebt aus. - Guckte nur kurz in meine Augen. -
Dann hat er weggeschaut. - Oder auf meinen Busen. - Kurz
testen. - Dacht ich's doch! -

*Ich muss ja eigentlich nicht die ganze Zeit wegbleiben. - War
sicher noch gar nichts. - Müsste man ja sehen können. -
Springt ja immer schnell an. - Ich halt das nicht mehr aus. -
Allein die Vorstellung... - Ich geh jetzt dazu. -*

**Hat sich gleich noch einmal umgeschaut. - Gutes Zeichen. -
Aufforderung zum Tanz. - Halt an Dich, Donald![3] - Wenn
mich jetzt jemand sähe... - Peinlich. - Lieber das Handtuch
drüber. - Guter Einfall. - Manöver der letzten Sekunde. -**

Da ist sie schon. - Neugierige Zippe. - Angst vor der eigenen
Courage. - Oder Eifersucht. - Vertrauen ist gut ... - Kommt
rein, als wäre nichts los. - Vollkommen ernst. - Könnt ich nicht
so natürlich. - Sagt keinen Ton. -

Sitzen da, als wäre nichts gewesen. - Er mit dem Handtuch in der Hand. - Na? - Wischt sich demonstrativ den Schweiß ab. - Und ganz rote Gesichter. - Kann aber auch die Sauna sein. - Arme und Beine aber deutlich weniger. -

Alles wieder im grünen Bereich. - Sind ja auch wieder zu dritt. - Heiß. - Ich geh raus. - Kalte Dusche. - Sehr angenehm. - Tauchbecken. - Herrlich. -

Eigentümliche Saunastille. - Dabei kann ich kaum an mich halten. - Sie sicher erst recht nicht. - Aber er würde wohl alles hören. - Ist ja noch immer direkt vor unserer Tür. - Trocknet sich eigentlich ziemlich lange ab.

Gut, dass er weg ist. - Trotzdem besser leise sein. - Also kaum was gewesen. - Dacht' ich's doch. - Aber immerhin. - Obwohl, Schulter ... - Angsthase. - Na wir werden sehen. -

Sie ist überhaupt nicht überrascht. - Kennt ihn ja. - Und mich. - Glaubt sie wenigstens. -

Gut. - Ich lass sie vor. - Werde mich nicht zwischen die beiden drängeln.

Entspannen. - Liegen kann schön sein. - Aber langweilig allein im großen Bett. - Wo die nur bleiben! - Vielleicht kommt sie allein. - Duschen wird sie ja auch allein. - Vielleicht kommt sie früher. - Ist ja auch länger drin gewesen. - Geduld, Geduld. - Wird nicht lange dauern. - Nur eine Decke. - Schöne Vorstellung. - Aha. - Duschgeräusch hört auf. - Tauchbeckenplätschern. - Albernes Kältegeschrei und Gekicher. - Schade, es sind beide. -

*Oh, ist das eisig. - Hat er wohl neu eingelassen. - Tut aber
bestimmt gut in meiner Verfassung. -*

**Sie kommt zuerst. - Vielleicht hat sie sich extra beeilt. -
Hätte ich mich jedenfalls. - Besser, ich rücke zur Seite. -
Das war zu viel. - Schade. - Bin viel zu weit weg. - Als ob
ich mich näher nicht traue. - Berühre sie überhaupt nicht. -
Kann nicht einmal die ihre Wärme spüren. - Ging ja auch
nicht. - War ja auch im Tauchbecken. - Könnte eigentlich
etwas an sie ran rücken. - Oder sie an mich. - Ist ja
schließlich dazugekommen. -**

Komisch. - Liegt da und wartet auf mich. - Und rückt plötzlich
ganz zur Seite. - Als hätte er Angst vor mir. - Eher wohl vor
ihr. - Hat ja wohl auch recht. - Trotzdem. - So weit wäre nicht
nötig. - Egal. - Ist ja noch viel Zeit.

**Macht nichts. - Gleich würden wir sowieso getrennt. - War
in der Sauna aufregender. - Trotzdem schön neben ihr. -
Sollte ich ihr eigentlich sagen. - Vielleicht zu gefährlich. -
Geflüstert erst recht. - Körpersprache! - Am besten ich
streichle sie. - Bingo. - Kommt mir sofort entgegen. - Ist
schneller als ich. - Irgendwas hat sie vor. - Geht schon
wieder los bei mir. - Da ist sie schon. - Hoffentlich merkt
sie nichts. -**

Immerhin kommt seine Hand. - Endlich. - Werde sie auf
meinen Bauch legen. - Zu spät. - Da ist sie schon. - Schade. -
Vielleicht auch besser so fürs Erste. -

*Als ob er kein Wässerchen trüben könnte. - Da kann doch
glatt ein Dackel zwischen den beiden durchlaufen. - Ohne*

einen zu berühren. - Na wartet. - Das wird sich ändern. -
Ganz ernst bleiben. - Jetzt nur nicht grinsen. - Sollen nicht
wissen, woran sie sind. -

Das ist gut. - Ich in der Mitte. - Soll mehr Platz machen. -
Nicht schlecht. - Als hätte sie meine Gedanken gelesen. -
Aber dann hätte sie es wohl kaum getan. - Ganz schön
frivol. - Das lasse ich mir nicht zweimal sagen. - Rücke ja
schon. - Ich weiß ja wohin. - Wirklich nicht schlecht. -
Bloße Haut rechts und links. - Wohin mit den Händen? -
Symmetrie ist gut. - Einen Arm für jede. - Wie Jesus mit
ausgestreckten Armen. – Calvaire[4] oder so ähnlich. -
Bretagne. - Allerdings bequemer hier. - Und charmantere
Nachbarn. - Sollte ich ihnen eigentlich sagen. - Vielleicht
lieber doch nicht. - Passt nicht. - Fühle mich nicht
gekreuzigt. - Im Gegenteil. - Aber Gott nahe. - Irgendwie. -
Peinlich aber wahr. - Er wird mir verzeihen. - Findet er
vielleicht sogar gut. - Denke immerhin an ihn.

Hält sich wahrhaftig an die Verabredung. - Nicht schlecht. - Er
zwischen uns. - Mal sehen, wie lange er das aushält. -
Hoffentlich verpatzt er nicht alles. -

Das macht ihn bestimmt an. - Ist ja kein Eunuch. -
Wahrhaftig nicht. - Aber wenn er so beobachtet wird... -
Prüfungssituation. - Blackout. - Wer weiß. - Könnte ja leicht
überprüft werden. - Lieber noch nicht. - Hat Zeit. -

Eigentlich wunderbar so. - Wie eine Tombola. - Haupt-
gewinn. - Ungewiss nur was und wie viel. - Kann wohl jetzt
nichts falsch machen. - Abwarten. - Nur nichts über-
stürzen. - Wäre dumm. - Testweise mal nach dem Busen
tasten. - Nach dem erlaubten. - Versteht sich.

Na, wer sagt's denn. - Natürlich will er eigentlich nicht mich. - Höflichkeitsbesuch. - Kleine Anfrage. - Holt Erlaubnis ein. - Kluges Kerlchen. - Also seine Hand nehmen. - Auf dem Busen halten. - Zustimmung. - Druck verstärken. - Will aber eigentlich nicht nur Spatz in der Hand sein. - Die Taube bekäme er auch kaum ganz in eine Hand. - Oder hat er schon...? - Hat er wahrhaftig längst. - Sie hat die Augen zu. - Gefällt ihr wohl. - Ihm auch. - Auch Augen zu. - Lüstling. - Oder feige. - Vogel Strauß. -

War wohl sehr in ihrem Sinne. - Kann ich als Aufforderung buchen. - Die Folge muss ihr klar sein. - Kann ihre Freundin schließlich nicht brach liegen lassen. - Hält mich ja nicht für halbseitig gelähmt. -

Und nun? - Scheint sie zu betasten. - Bei mir ist seine Hand bewegungslos unter meiner. - Müsste eigentlich merken, dass sich da was tut. - Aber Sendepause. - Ist in Gedanken wohl ganz bei der Taube. -

Richtig so. - Erst die Pflicht dann die Kür. - Ziemlich kurze Pflichtübung allerdings. - Mir soll's recht sein. - Kann er ruhig wissen. -

Von wegen brach. - Es sprießt. - Spür ich ja so. - Ohne hinzugucken. - Nicht auszuhalten. - Und da soll ich ruhig bleiben. - Doch Kreuzigung. - Halt an Dich, Donald! -

Braucht wohl eine kleine Erinnerung. - Werde ihm die Hand führen. - Gar nicht so leicht in dieser Lage. - Gemeinsames Streicheln geht. - Drücken ist irgendwie nichts. - Will ja nicht meinen Busen platt drücken. - Könnte er eigentlich

wissen. - Blödmann. - Macht er doch sonst auch nicht so. -
Hand schließen dabei. - Muss sich wohl ziemlich verrenken. -
Na endlich. - Gemeinsam geht's. - Hand in Hand. -
Eigentlich nicht einmal schlecht. -

Stimmt. - Den kleinen hatte ich schon fast vergessen. -
Vielen Dank für den Hinweis. -

An den anderen kommt er nicht recht dran. - Mühsam. -
Schade. - Leider ungemütlich so. - Drückt am Hals. -
Versucht es trotzdem auch bei ihr. - Achtet weiterhin auf
Symmetrie. - Tät ich auch an seiner Stelle. -

Ja, ja, ich weiß. - Gibt es zwei von. - Gut dann eben jetzt
den anderen. - Der ist aber schnell. - Brauchst Du mir nicht
erst zu zeigen. - Merk ich auch so. - Kenne ihn doch. -
Vielleicht besser als du. - Trotzdem nicht so interessant wie
bei deiner Freundin. -

Mehr! - Fester! - Ich weiß. - Darf er nicht. - Zu auffällig. -
Was jetzt? - Der eine hatte überhaupt noch nicht genug. - So
aber auch schön. - Sehr schön sogar. - Gefällt ihm wohl auch. -
Ich stelle mir vor, er läge auf mir... -

Ich werde langsam schizophren. - Zurück zur Rechtmäßi-
gen. - Vermisst mich schon. - Komme ja schon. - War doch
überhaupt nicht weg. - Abgelenkt. - OK. - Daher wohl
wieder die ermahnende Hand auf meiner. - Komme mir
vor wie ein Jongleur mit drehenden Untertassen auf
Stäben. - Bin ja schon da. - Brav so. - Ja, bei dir auch. -
Komme ja schon. - Werde noch managerkrank.

Mein Gott ist er fantasielos. - Als ob er mehr nicht wollte. -
Müssen aber auch alles selbst machen. - Emanzipation kann
schrecklich sein. - Dressierter Mann - nein danke. - Muss
doch gemerkt haben, was los ist. - Spielt toten Käfer. - Macht
sich am Ende lustig über uns? - Das wäre so nicht
eingeplant. -

Sie hat leise geseufzt. - Schien doch so. - Die Augen hat sie
zu. - Hatte ich ja auch bis eben. - Könnte ich jetzt nicht
mehr. - Zu aufgeregt. -

Toter Käfer? - Das werden wir gleich haben. - Was er wohl
macht, wenn ich mich zu ihm hin drehe? - Ja so. - Ganz eng.
-

Das war eine gute Idee. - Zieht uns einfach beide an sich ran. -
Kann wohl nicht länger untätig bleiben. - Geht mir ja genauso.
- Halt, mein einer Busen. - So. - OK -

Hätte ich mir denken können. - Drückt sie auch an sich. - Sie
bestimmt fester als mich. - Muss dabei aber die Brüste
loslassen. - Spürt sie vielleicht an seinem Körper. - Wenn er
da überhaupt empfindlich genug ist. - Ihre fühlt er bestimmt.
-

Aufbruch. - Ach nein. - Im Gegenteil. - Drängt sich an
mich. - Auch nicht schlecht. - Schön, wie sie sich so gegen
mich drückt. - Etwas klein der Busen. - Spürt man kaum. -
Bin wohl schon verwöhnt. - Die andere jetzt aber auch. - Ist
ihr ja wohl klar. - Gleichbehandlung als Vorwand und
Regel. - Erfreulicherweise nicht ganz. - Spüre ihre Brüste
viel besser. - Einer an meiner Seite. - Der andere auf mir. -

Kein Zeichen von Protest von der anderen Seite. - Wäre ja auch noch schöner. -

Wohin jetzt mit den Händen? - Ihre Hand ist viel weicher als meine. - Komisch. - Kommt mir vielleicht nur so vor. - Erregend, sie über seine Brusthaare zu führen. - Ziehe sie zu mir bis auf meinem Busen herüber. - Findet das offenbar ganz normal. - Jetzt ich zu ihrem. - Nicht schlecht. - Kann ihn gut verstehen. - Würde ich auch wollen. - Dabei meint sie immer, er sei zu groß. -

Gut so. - Wusste wirklich nicht wohin mit der Hand. - Hätte mich zum Alleingang nicht getraut. - Wäre dann allerdings auch lieber etwas tiefer gegangen. - Wusste gar nicht, dass er so harte Brusthaare hat. -

Brustkraulen. - Langweilig. - Immerhin tun sie es gemeinsam. - Das ist deutlich. - Absprache. - So gut können sie nicht improvisieren. -

Darauf wäre ich allerdings nicht gekommen. - Niedlich, so klein. - Ach deshalb… - Gegenbesuch. - War ja fast zu erwarten. - Wie indiskret. - Ja, ist noch hart. - Sogar wieder steigende Tendenz.

Haben mich ruhiggestellt. - Liegen auf meinen beiden Armen. - Mit den Händen komme ich an nichts dran. - Nur an die Rücken. - Nicht mal bis zum Po. - Arm zu kurz. - Mal versuchen. - Geht nicht. - Obwohl immerhin fast bis wo er anfängt. - Bei einer allein ging's vielleicht. - Wär aber mühsam. - Darf ich auch sicher nicht. - Gleiches

Recht für alle. - Lass dir Zeit. - Die nächste Ruhephase kommt bestimmt. -

Nun will ich aber auch noch mal. - Ach ja. - Erst wieder gemeinsame Pflichtübung in seinen Brusthaaren. - Muss ja nicht alles wissen. - Nun aber. - Wirklich süß, so klein und fest. - Und auch Hardtop. -

Liegt da wie ein Pascha und lässt sich von uns die Brust streicheln. - Leider ohne Busen. - Hat immerhin was anderes. - Könnten ihn ja mal besuchen. - Gemeinsam. - Erst mit dem Knie vorfühlen. - Will ihn ja nicht vor ihr kompromittieren. - Aha. - Alles bestens. - Warum zögert sie? - Versteht nicht, was ich will. - Lass deine Hand führen. - Komm schon. -

Du liebe Zeit. - Das kann sie doch nicht einfach so machen. - Redet sonst immer von Vorspiel. - Aber sie zwingt mich ja. - OK dann los. - Überfall. - Ob ihm das nicht weh tut? - Fühlt sich aber gut an. - Mag gar nicht aufhören.

Na also. - Aber nur ganz kurz. - Soll gar nicht erst reagieren können. - Geschweige denn genießen. - So. - Und Schluss. - Loslassen. - Sie gefälligst auch. -

Ihr Schnack von Programmvorschau, Vorspeise und Sattessen war nicht schlecht. - Vielleicht etwas zu dick aufgetragen. - Ist aber gut angekommen. - Nicht nur bei ihm übrigens. -

Das ist ja frech. - Kriegt man ja Kastrationsängste. - Krasses Wort, 'Programmvorschau'. - War dann wohl gerade der Aperitif. - Allerdings etwas derb. - Wäre

ansonsten sehr einverstanden. - Guter Einfall. - Hätte ich ihnen nicht zugetraut. -

Wie er uns nachschaut! - Ist ja auch gemein. - Plötzlich nackt und bloß alleingelassen im großen Bett. - Ein Männlein steht im Walde... - Und die gebratenen Täubchen fliegen davon. - Und kichern auch noch. - Der Arme. -

Die veralbern mich. - Na wartet. - Werde mir auch noch was einfallen lassen. - Meine Zeit ist noch nicht gekommen. - Beim Hauptgang. - Oder als Nachspeise. - Andererseits? - Was man hat, das hat man. - War immerhin ein gelungener Geck. - Gehörte wohl alles zur Inszenierung. - Sah jedenfalls nicht nach Schlussakt aus. -

Hat er ja gut aufgenommen. - Hat sogar gegrinst. - Jetzt geht er nicht mehr von der Angel … -

Klar. - Etwas gewagt. - War ja auch nicht abgesprochen. - Halt ein Scherz. - Soll ja auch lustig sein. - Einen kleinen Kick brauchte er ja noch. - Wo bleibt er eigentlich? -

Sind jetzt sicher gespannt. - Könnte ja eigentlich auch beleidigt sein. - Gehe also nicht sofort zu ihnen. - Taktisch geschickter so. - Laufe denen ja nicht nach wie ein Hündchen. - Schon gar nicht in diesem Zustand. - Als Rüde. - Könnte denen so passen. - Lasse sie erst mal zappeln. - Und ungestört. - Haben sicher einiges zu bekakeln. -

Vielleicht gehe ich ihm besser entgegen. - Klär das noch mal. - Versprech ihm für nachher eine Spielwiese. - Quatsch. - Nicht nötig. - Da ist er. - Alles in Butter. - Guck ihn dir an. - Hätten wir mit ihrem Mann nicht machen können. -

Eigentlich schade. - Wurde gerade prickelnd. - Hat sie doch wahrhaftig meinen Busen begrabbelt. - Ihren kleinen fand ich ja auch nicht schlecht. - Eigentlich hätte ich so einen lieber. - Würde aber nicht zu meiner Figur passen. - Etwas weniger wäre ganz gut. - Aber nur ein bisschen. - Fühlt sich wirklich gut an, so ein fremder Busen. - Sollten wir öfter machen. - Hätte sie bestimmt nichts gegen. - Hat ja selbst angefangen. - Aber lieber lasse ich mich von ihm begrabbeln. - Ist was ganz anderes. - Irgendwie spannender. - Nicht wie Kätzchenstreicheln. -

Hauptgang ist der zweite. - Jedenfalls in der Familie. - Fünfgängemenu wäre auch nicht schlecht. - Aber anstrengend. - So viel Geduld hätte ich heute nicht. - Nächstes Mal. - Wenn es das gibt. -

Sitzen wir also wieder friedlich alle zusammen in der Sauna. - Als wäre nichts gewesen. - Hat uns sogar kurz einmal beide gestreichelt. - Reden muss ja nicht sein. - Ob die beiden auch so aufgeregt sind?

Wenn man vom Teufel spricht... - Dabei ist er gar keiner. - Viel zu lieb. - Sie weiß gar nicht, was sie an ihm hat. -

Verfügen einfach über mich. - Könnte mich ja auch weigern. - Kennen mich aber. - Präsentieren sich wie zwei Geschenkpackungen. - Fühlen sich wohl toll. - Haben ja auch Recht. - Wissen sie ganz genau. - Bin gern Geburtstagskind. - Neugierig Geschenke auspacken. - Oder nein. - Lieber Weihnachten. - Beschenken und beschenken lassen. - Aber nicht als Weihnachtsmann. - Nicht leer ausgehen. -

Finale bei mir. - Wenn überhaupt. - Haben wir so abgemacht. - Ist besser so. - Findet sie auch. - Wenigstens das erste Mal. - Falls es ein zweites überhaupt gibt. - Aber er sollte es besser vorher wissen. - Sonst... - Ach wir werden das schon hinkriegen. - Ich weiß ja wie er reagiert. - Und wenn sie nun plötzlich ganz wild wird... - Und dann... - Das kennt er von mir nicht. - Na dann soll er halt. -

Sitzen vor mir wie zwei kichernde Schulmädchen. - Gabelhappen. - Streicheln mögen sie. - Sogar in der Sauna. - Lehnen sich sofort zurück. - Verlangen nach Mehr. - Beide. - Klar. - Riecht nach Vorspiel. - Vorspiel ist das schönste Spiel. - Sagt man. - Glaub ich aber nicht. - Vielleicht für Frauen. -

Den hätte ich nicht mit mir teilen mögen. - Wär mir viel zu gefährlich. - Die ist vielleicht naiv. - Bestimmt ein Freundschaftsbeweis. - Will mich sicher trösten. - Meiner ist ja meist weg. - Ahnt sicher, was er so alles treibt auf seinen Reisen. - Ich soll es wohl auch mal gut haben. - Heimliche Rache. - Oder einfach Nervenkitzel. - Happening. - Das wird es sein. - Ist es ja auch. - Oder Angeberei. - Wohl von allem etwas. - Jedenfalls eine tolle Idee. -

Hoffentlich merkt sie uns nichts an. - Frauen sind manchmal so raffiniert. - Aber so vertraut mit einander sind wir ja nun auch wieder nicht. - War ja nur Fasching. - Ist bestimmt auch immer noch verliebt. - War auch viel zu hastig damals. - Immerhin stundenlang Blues vorher. - Eigentlich kein Tanzen. - Das zwar auch, aber .... - Dann das kurze Feuerwerk. - Lag aber nicht an mir. - Meine ich wenigstens. - Halt Karneval. -

‚Save the last dance for me'. - Mit Randomtaste. - Das muss genügen. - Mach ich am besten gleich. - Ist auch Zeit. - Wird sowieso langsam zu heiß. - Er soll ja fit bleiben... -

Also abspritzen. - Beide. - OK. - Die meinen mit dem Schlauch. - Mach ich doch alles. - Und wie. - Mit Vergnügen. - Werden sie sehen.

Gute Idee von ihr. - Macht Spaß. - Wie frech er überall hinspritzt! - Eigentlich dreist. - Aber er darf heute ja. - Soll sogar. - Erst mal nur mit dem Schlauch. - Obwohl... - Fast als wären es seine Hände. - Sehr erregend. - Weiß er sicher. - Für ihn aber offenbar auch. - Freut sich wie ein kleiner Junge. -

Oder... - Eher doch großer Junge. - Und lacht dabei. - Haben selbst ja auch reichlich gekichert. -

So. - Jetzt erst mal Tauchbecken. - Ganz ruhig. - Ganz lange. - Sehr beruhigend. - Vorfreude ist vielleicht ja doch die schönste Freude. - Die Stille vor dem Sturm. - Man sieht's. - Gut, dass die schon weg sind. -

Musik, Öl, Heizung, Licht. - Alles OK. - Kann losgehen. - Weihnachten würde ich jetzt mit dem Glöckchen läuten. - Aber lass ihn. - Wir können uns auch zu zweit ganz gut die Zeit vertreiben. - Alles größer bei ihr. - Da unten auch? - Da unten wahrhaftig auch. - Nur der Po nicht. - Da ist meiner größer. - Eigentlich ja schöner. - Fühlt sich aber auch gut an. - Ganz fest. - Richtig durchtrainiert. - Hätte ich nicht gedacht. - Ihre Brüste schön weich, aber nicht wabbelig. - Handschmeichler. - Mein Streicheln findet sie wohl gewöhnungsbedürftig. - Aber offenbar nicht schlecht. - Wunderschönes Spielzeug. - Kann die Männer verstehen. - Nun also doch. - Hat sie sich durchgerungen - Na endlich. - So einseitig wurde es mir auch allmählich peinlich. - Ach so. - Dahin will sie. - Na bitte. - Dann soll ich wohl auch. - Hatte ich mich nicht getraut. - Nass. - Aber wohl nur vom Schlauch. - Fühlt sich sonst anders an. - Noch besser. -

Da hat sie sich ja was ausgedacht. - OK. - Wenn sie es so will... -

Schnell in die Ausgangspose. - CD starten. -

Nicht schlecht. - Kommt mir bekannt vor. - Zwei Tänzerinnen reglos nebeneinander. - Hände wechselseitig auf der Pobacke der anderen. - Absolute Symmetrie. -

Choreografie aus Hamburg im letzten Herbst. - Da waren sie allerdings beide blond. - Und leider viel zu dürr. - Oh. - Jetzt mit Musik. - „You can dance". - Aufforderung und Mahnung. - Ich verstehe. - Aber bitte schöne lange Tänze bis dahin. - Muss ja nicht gleich der letzte sein. -

Wäre fast auch ohne ihn gegangen. - Fing gut an. - Ein andermal weiter. -

Lästig diese Gleichbehandlung. - Ziemliches Handicap eigentlich. - Egal. - Am liebsten wird sie massiert. - Tu ihr den Gefallen. - Ach so. - Schon vorprogrammiert. - Öl steht da schon. - Ja, ja. - Hab kapiert. - Hättest es mir gar nicht zu reichen brauchen. -

Hatte er wohl gleich gesehen. - Und verstanden. - Oh tut das gut. - Könnten ihn eigentlich danach wegschicken. - Tolle Idee. - Da würde ich zu gern sein Gesicht sehen. -

Am besten wohl wie immer. - Keine Experimente. - Erst den Rücken. - Wie immer. - Dann die Schultern. - Jetzt den Nacken. - Die Kopfhaut nicht vergessen. - Nochmal den Rücken. - Abwärts. - Dann die Beine. - Wie immer. - Die Zehen. - Wie immer. - Nein, nicht wie immer. - Die etwas länger. - Die andere guckt bestimmt zu. - Will wissen, was auf sie zukommt. - Dacht ich's doch. - Jetzt guckt sie mich sogar an dabei. - Also nochmal mit der Zunge zwischen die Zehen. - Fast schon als wären es ihre. - Den Po zum Schluss. - Aber lieber ganz seriös. - Nicht alles auf einmal. -

Langweiliger Start. - Reservebank. - Komm aber sicher auch noch dran. - Mal gucken, was mir blüht. - Wühlt in ihren schwarzen Haaren. - Scheint er wirklich nicht schlecht zu machen. - Jetzt der Rücken. - Ganz professionell. - Würd am liebsten mitmachen. - Aber nicht so brav. - An den besten Stellen bricht er ab. - Nicht wie der vom Kurhaus. - Muss ich ihr mal erzählen. - Wär ja vielleicht was für sie. - Schien allerdings auf Blondinen zu stehen. - Aber mein Typ war er nicht. -

Volles Programm? - Bin gespannt. - Ach ja. - Erst noch die Füße. - Sehr erregend. - Seine Zunge wie erigiert. - Hart und rau. - Jetzt wieder weich wie Streicheln. - Oh er sabbelt. - So toll hat er es noch nie gemacht. - Sie guckt wohl zu. - Deshalb also. - Will sie wohl verrückt machen. -

Jetzt geht es los. - Andere Seite. - Volle Konzentration. - Voraus denken. - Symmetriegebot nutzen. - Legitimation erwerben. - Immer an Nr. 2 denken. - Ich weiß ja was ich will. - Busen. - OK. - Hatten wir ja. - Aber jetzt mit mehr Zeit. - Ganz in Ruhe. - Schön Genießen. - Auch wenn es nur das Heimspiel ist. - Bauch und Beine. - Oberschenkel. - Keine Angst. - Nur andeutungsweise. - Noch einmal Zehenmassage. - Etwas mehr nach außen das Bein. - Ganz unauffällig. - Sauge die Zehen ein. - Schaue dabei zwischen ihre Beine. - Wenn die wüsste... -

Aha, auch vorne. - Da bin ich ja mal gespannt. - Auf das mit den Zehen freue ich mich schon. - Er guckt aber ganz wo anders hin. - Schlawiner. -

Erst mal wieder umdrehen. - Klaps auf den Po. - Rückenklatschen. - Seitenwechsel. - Läuft mir ja nicht weg das andere. -

Das war's wohl erst mal. - Klatschendes Rückentätscheln. -
Kennt man ja. -

*Schade. - Hatte schon eingespeichelt. - Aber auch so OK. -
Meditative Pause. - Bin ja nicht allein da. - Hatte ich fast
vergessen. - Seitenwechsel also. - Das gucke ich mir an. -
Würde es fast lieber selbst machen. - Aber vielleicht
bequemer so. - Spielt mit ihren goldenen Haaren. - Ahnt
sicher nicht, dass sie gefärbt sind. - Jetzt seine Hände auf
ihrem Körper. - Erlebe heimlich mit was sie fühlen. -
Genüsslich. -*

Sehr angenehm. - Wirklich. - Da hat sie nicht zu viel
versprochen. - Die Pobacken könnten etwas mehr vertragen. -
Viel zu diskret. - Traut sich noch nicht. - Guckt nicht mal
heimlich nach der Rosette. - Sicher beobachtet sie ihn. -

**Eigentlich ja dasselbe. - Beim Rückenmassieren mein Knie
zwischen ihren Schenkeln. - Genau wie eben. - Nur guckt
jetzt die andere. - Eifersüchtig? - Hat allen Grund. - Weiß
sie auch. - Ist ja wohl nicht zu übersehen. -**

Klar zur Wende? - Klar ist. - Fängt bei den Ohren an. -
Ungewöhnlich. - Mein Blondhaar findet er sicher nicht so
erotisch wie ihre schwarze Mähne. - Da gucken die Ohren ja
auch nicht so raus wie bei mir. - Geht ganz hinein. - Findet er
erotisch. - Hat jetzt bestimmt was unter dem Fingernagel. -
Traut sich nicht abzulecken. - Direkt langweilig die Schultern
dagegen. - Na, na! - Unter den Achseln das gehört sich aber
nicht. - Fehlt nur, dass er an seinen Fingern riecht. - Wär auch
sicher Fehlanzeige. - War ja eben in der Sauna. - Ist bei ihr
aber nicht unter die Achseln gegangen. - Nur bei mir immer
wieder. - Scheint sein Lieblingsweg zu meinem Busen zu sein.

- Eigentlich beleidigend. - Als ob mein Busen unter den Achseln hing. -

Mein Gott, sind das Brüste. - Schreien geradezu nach Indiskretion. - Am besten mit zwei Händen. - Muss erlaubt sein. - Bei aller Liebe zur Gleichbehandlung - Besondere Umstände erfordern besondere Mittel... - Fühlen sich völlig anders an. - Ist richtig was drin. - Drüsen wie Hoden. - Aber Vorsicht. - Nicht weh tun! - Und die Warzen. - Kenne keine Münze, die so groß ist. - Unglaublich. - Time! - Bin ja nicht allein mit ihr. -

Verglichen damit hat er meinen Busen ziemlich vernachlässigt. - Klar. - Kann ich verstehen. - Würde ja am liebsten mitmachen. - Hände auf die andere Brust. - Stört sie aber sicher. - Beide. - Quatsch. - Tu ich einfach. - Eine ist gerade frei. - Zu spät.

Viel salziger, ihre Zehen. - Konnte ja nicht vorher wissen was ihr blüht. -

Na, da staunt er. - Kriegt viel mehr zu sehen als eben. - Soll ruhig merken, wie ich ihn erwarte. - Schließlich läuft mir schon das Wasser im Mund zusammen. - Tolles Gefühl. -

Nicht schlecht. - Hat ganz schlanke Schenkel. - Kaum nötig, das Bein zur Seite zu ziehen. - Kann trotzdem nicht schaden. - Hat wohl längst begriffen. - Gibt den Blick von selbst frei. - Kann eigentlich kaum Zufall sein. - Will mir wohl zeigen, wie es glitzert. - Kleine Vorschau… - Geht ihr offenbar nicht anders als mir. - Das halt ich nicht aus. - Könnt mich so auf sie stürzen. - Fänd sie bestimmt nicht mal schlecht. - So wie es aussieht... - Halt an dich, Donald. -

Das war schon mal Klasse. - Ganz anders als Fasching. - Witziger. - Geradezu sportlich. - Dabei war ich damals so verliebt. - Bin es immer noch. - Im Augenblick aber überhaupt nicht. - Keine Zeit. - Genieße einfach. - Kann mich richtig hingeben. - Körperlich. - Einfach so. - Mir selbst. - Obwohl irgendwie natürlich auch ihm. - Aber eher doch nicht. - Einfach schön das Gefühl. - Liegt vielleicht am Saunen. - Ist trotzdem nicht nur der Körper. - Hat aber mit Liebe nichts zu tun. - Kein Schmetterlingskribbeln. - Nein nicht verliebt. - Überhaupt nicht. - Seelenbaumeln. - Nur schön. - Trotzdem Unmengen Adrenalin. - Schon komisch. - Vielleicht kann man ja auch ganz locker und entspannt stöhnen. - Werden wir sehen. -

Macht wirklich alles viel schöner bei ihr. - Vielleicht auch nur Einbildung. - Bin wohl doch ziemlich eifersüchtig. - Genau genommen auf beide. -

Da sind sie platt. - Sollen sie. - Einfach kurz raus. - Bin dann mal weg. - Ins Tauchbecken. - Wie tausend Eisbeutel. - Nur weicher. -

DRITTER GANG

Wohl seine Rache. - Soll bloß aufpassen. - Viel Zeit geb ich ihm nicht. - Sonst lass ich ihn nicht wieder zu uns. - Könnte mir auch was anderes vorstellen. -

Soll mich nur nicht so lange allein lassen mir ihr. - Ich will ihn. - Nicht sie. - Wär ja noch schöner. - Ihn nur als Appetizer... - So haben wir nicht gewettet. - Da wär ich ihr echt böse. - Er bestimmt auch. - Noch viel mehr bestimmt. - Mit Recht. - Und beleidigt. - Der Arme. - Ein Glück. - Da ist er. -

Hat es wohl mit der Angst gekriegt. - Wie er da steht. - Niedlich. - Unschlüssig. - Wie ein kleiner Bub. - Kommt ja richtig Arbeit auf uns zu. - Dabei waren wir doch schon so weit. - Schmeißt sich einfach zwischen uns. - Und eiskalt. -

Jetzt komme ich dran. - Oh, tut das gut. - Vierhändig. - Konkurrenz hebt das Niveau - Who is who? - Schwer zu erkennen. - Nur manchmal. - Würde den beiden am liebsten zuschauen. - Geht aber nicht. - Liege ja auf dem Bauch. - Tut das gut! - Bin beinahe entspannt. - Hör sogar wieder die Musik. - Immer noch ‚You can dance'. - Immer wieder ‚Save the last dance for me.' - Was soll's! - Hab doch längst kapiert. - Im Augenblick auch überhaupt keine Gefahr... -

Ganz angenehm, etwas Bewegung zwischendurch. - Vierhändig. - Muss sich gut anfühlen. - Hätt ich auch gern mal. - Nächstes Mal alles immer zu zweit. -

Taktil sicher langweilig mein Rücken. - Für mich übrigens auch auf die Dauer. - Bin viel zu aufgeregt. - Die andere Seite bietet mehr. - Wer sagt's denn. - Körpersprache. - Muss nicht erst die Beine breit machen. - Eigentlich peinlich. - Aber wenn es anders wäre ... - Lieber so. -

Frustrierend. - Katze um den heißen Brei. - Steht da einsam herum. - Elfenbeinturm. - Hochglanz. - Aber besser noch schonen. - Oder doch. - Einen Tropfen Öl drauf. - Honi soit qui mal y pense. - Spürt er vielleicht gar nicht. - Hände weg! - Läuft von allein runter. -

Mal was anderes als das ewige Abschlussgeklatsche beim Masseur. - Charmante Idee. -

Puh. War ja richtig anstrengend. - Möchte keine Masseuse sein. - Schön, wieder zu liegen. - Nein. - Bitte nicht gleich weiter. - Viel zu kurz die Pause. - Und dann auch noch mit der Hand gleich in medias res. - Tut er doch sonst nicht. - Kann es wohl nicht abwarten. - Aber immerhin zurückhaltend sanft. - Nein, denkste. - Kein Duschwasser mehr. - Fühlt sich doch so viel besser an. - Findet er wohl auch. - Spürt sicher die kleinen Veränderungen unter seiner Hand. - ...in seiner Hand. - Rastet zwischendrin. - Guckt, was er angerichtet hat. - Tät ich auch. - Macht er eigentlich doch ganz gut. -

Pause. - Rückenlage. - Pause? - Wie man's nimmt. - Seh im Geiste wieder das Glitzern vor mir. - Kann die Hände einfach nicht unbeschäftigt lassen. - Ist wirklich so. - Beide sogar. - Wie bestellt und nicht abgeholt. - Das lässt sich ändern. - Einfach einsinken lassen... - Ganz langsam. -

Immer tiefer. - Als würden sie eingesogen. - Und alles blind. - Das will ich sehen. -

Da ist es schon. - Adrenalin, kaum spüre ich die Hand da. - Unerträglich langsam. - Nu mach schon. - Mehr! - Fester! - Schneller! - Schlammschlacht will ich! - Breiter gehen die Beine doch nicht. - Merkst du das denn nicht! - Nein. - Weißt es ganz genau. - Kostest es wohl aus. - Verrückter Sadist! -

Reihenfolge einhalten. - Erst die Pflicht. - Den Geschmack kenne ich. - Liebe ich. - Hochgenuss seit Jahren. - Immer wieder. - Kann ich wohl nie genug von kriegen. - Besonders viel heute. - Also auch für sie ... - Möchte mich festbeißen. - Halt an dich, Donald. -

Sicher ist er nur bei ihr mit seinen Gedanken. - Deshalb so langsam. - Beide gleichzeitig geht doch gar nicht. - Technisch vielleicht. - Kennt mich ja doch verdammt gut. - Weiß genau, was er tut. - Macht er nicht schlecht. - Immerhin. - Dafür dass er gleichzeitig bei ihr zu Gange ist. - Hört man ja an ihrem Atem. - Ist bestimmt schon viel weiter mit ihr. -

Nein! - Nicht aufhören. - Nicht gerade jetzt. - Wie kann er nur.

Schichtwechsel. - Kür. - Duftet wie ein riesiges gelbes Rapsfeld. - Ein ganz klein wenig auch Chèvre. - Nein. Kein Chaume. - Liebstöcklgeschmack. - Alles viel mehr bei ihr. - Kein Wunder. - Ist ja auch sonst alles größer. - Unglaublich. - Am liebsten trinken. - Die Hand drüben einfach auf Automatik schalten. - Im gleichen Rhythmus. - Mehr geht nicht. - Immerhin. - Seufzen. - Gleich zweistimmig. -

Schluss. - Pause. - Jetzt erst mal er. - Oh. - Streichelt schon seinen Bauch. - Oder war sie auch schon weiter? - Traut sie sich doch wohl nicht allein. - Hat auf mich gewartet. - Weiß aber genau wo ich sie hinführe. - Gute Idee mit dem Öl eben. - Gibt eine schöne Mischung. -

Halt ich nicht aus. - Will aber noch nicht. - Und schon gar nicht so. - Wollen die ja auch nicht. - Wäre sehr ärgerlich. -

Wird ihm wohl zu gefährlich. - Kein Wunder. -

Das war knapp. - Erst mal hinsetzen. - Schön, die beiden anzusehen. - Sind gar nicht ganz da. - Denken wohl nur das Eine. - Wie ich. - Aber nicht sofort. - Sonst schaffe ich nicht beide. -

Oh. - Ich komm zuerst dran. - Hat wohl Gedanken gelesen. - Schade, dass ich ihn nicht einsaugen kann. - Nur entgegendrängeln. - Erwarten. - Fühlen. - Da ist er. -

Es geht weiter. - Fühlt sich wohl wieder außer Gefahr. - Ging aber schnell. - Oder er kann nicht abwarten. - Sie zuerst! - Das ist neu. - Soll bloß aufpassen. - You can dance, aber... - Und bei mir mit der Hand. - Ist ja auch ganz schön. - Aber so haben wir nicht gewettet. - Möchte es nicht so. - Müsste er wissen. - Trotzdem erregend. - Obwohl ich es nicht will. - Ahnt wohl nicht, was er da macht. - Liegt wahrhaftig auf ihr. - Was heißt hier liegt. - Spüre jede Bewegung von ihnen. - Ich muss ihn bremsen, sonst... - Kennt er doch von sich. -

Kann doch jetzt nicht einfach ruhig auf mir liegen bleiben. - Spürt doch wie ich mich unter ihm winde. -

Ich weiß, ich weiß. - Last dance for you. - Klar.– Deshalb ja auch die andere Reihenfolge. - Und du, keine Angst. - Meine Hand bleibt bei dir. - Schaffen wir auch so. - Gemeinsam.

Das darf nicht wahr sein. - Kurz davor. - Und lässt mich hier einfach liegen. - Will wahrhaftig rüber. - Obwohl... - Last dance for her. - Geht wohl nicht anders. - Hat wohl recht. - Aber die Hand behalte ich. - Besser als gar nichts. - Am besten ich führe sie. - Machen wir halt zusammen die Schlammschlacht... -

Auch zu Hause wieder ganz schön. - Und gemeinsam in unseren Händen drüben die geschwollene Lust. - Immer wilder. - Kann wohl nicht mehr zurück. - Will es wohl auch nicht. - Ich auch nicht. - Nicht nötig. - Zittern beide. - Unter mir und neben mir. - Dann darf ich auch. -

Endlich. - Nein. - Keine Finger mehr jetzt. - Merkt er ja wohl selbst. - Hat ja sicher auch drüben noch zu tun. - Ist er es, ist sie es, bin ich es, egal. - Ich jedenfalls. - Er auch. - Ist mir fast entgangen. - Ganz warm. - Ganz mild auf einmal. - Könnte ewig so bleiben. - Jetzt so einschlafen. - Für immer... - Egal wie er das findet. -

So tief möchte ich auch mal schlafen. - Aber noch nicht. - Ist ja ein tolles Bild. - Dass die überhaupt Luft kriegt. - Muss ein komisches Gefühl sein, so auf einer Schlafenden. - Vielleicht hat sie es ja überhaupt nicht mehr ganz mitgekriegt. - Kann aber wohl nicht sein. - Verrückte Vorstellung. -

Ist wahrhaftig unter mir eingeschlafen. - Lustig. - Ganz vorsichtig jetzt. - Nicht wach machen. - Hat geklappt. - Hätte ich nicht gedacht. - Will vielleicht nicht wach werden. - Auch gut. -

Wie er mich anguckt. - Braucht doch kein schlechtes Gewissen zu haben. -

Schön, dass sie noch einen Gang mitmacht. - Sitzt vor mir zwischen meinen Beinen. - Unter ihren Armen hat es sicher schon angefangen. - Und wie. - Plötzlich überall. - Herrlich die schweren glitschigen vollen Brüste in meinen Händen. -

Liebt wirklich meinen Achselschweiß. - Nicht nur den. -

Ich runter oder sie rauf. - Ich hol sie rauf. - Nicht nötig. - Kommt von alleine. - Legt sich sofort. - Und wie. - Nicht schlecht. -

Ziemlich heiß da oben. - Aber schön so im Liegen. - Die Melodie brauche ich wohl nicht erst zu summen. - Hat auch so verstanden. - Herrlich diese Wärme. -
Könnte eigentlich schon selbst ein wenig anfangen. - Fühl mich ja auch selber gern. - Vor allem in diesem Zustand. - Und dann noch mit ihm als Zuschauer. - Aber doch zu heiß. - Das halte ich nicht aus. - Lieber ganz ruhig. - Keine Hektik in dieser Hitze. - Oder gleich wieder raus hier. -

**Nicht zu fassen. - Öffnet ihre ganze pralle Geschlechtlich-
keit. - Zeigt mir alles. - Will es mir wohl vormachen. -
Unglaublich. - Recht hat sie. - Raus hier.** - Nein, nicht erst
ins kalte Wasser. - Gleich so. -

Schnell. - So geschwitzt wie wir sind. - Und genau neben ihr.
- Stark. - Sehr erregend. - Kann es kaum erwarten. -

**Das ist frech. - Last dance neben ihrer schlafenden
Freundin. - Schläft wahrhaftig tief und fest. - Platz ist
genug. - Und wenn sie wach wird. - Dann gerade. - Macht
dann auch nichts mehr.**

Nein nicht mehr nötig die Hand da unten. - Hab ich doch schon
selbst gemacht. - Hat doch sogar dabei zugeguckt. - Na gut
wenn er unbedingt will. - Nee geht nicht. - Muss ihn sofort in
mir haben. - Sonst.. - Ja. - So. - You can dance. - Und alle vier
Hände fest auf meinen Brüsten. - Drück sie! - Gemeinsam mit
mir. - Ganz fest. - Als wollten wir Milch herausspritzen. - Bis
es weh tut. - Und weiter. - Merkst doch wie ich bebe. - Nicht
stöhnen. - Sonst wird sie wach. - Na wenn schon. - Gäbe den
letzten Kick. - Ihre entsetzten Augen. -

**Donnerwetter. - Hat es aber eilig. - Schwimme geradezu. -
Fisch im Wasser. - Einmal. - Zweimal. - Dreimal. - Last
dance. - Ein Schwarm von Fischen. - For you. - For me. -
For us. - Und direkt neben ihr. - Vor ihren geschlossenen
Augen. -**

VERTRAUEN IST GUT – KONTROLLE SCHON SCHLECHTER

DIE KONTROLLE

Es war wie eine Neuauflage des neunzigsten Geburtstages. Wieder wurde in der riesigen Parterrewohnung die breite Schiebetür zwischen Wohn- und Arbeitszimmer geöffnet, um den vielen Gästen Platz zu bieten. Wieder besorgte ich für dieselben Personen Quartier in denselben Privatpensionen, dieselbe Tischwäsche legte ich auf, dasselbe Geschirr wurde aufgetragen, sogar die gleichen Kuchen gab es bei der anschließenden Kaffeetafel. Doch die Gäste waren schwarz gekleidet, die Stimmung gedrückt und die Unterhaltungen leise.

Dreißig Jahren hatte ich mit Vater in der alten Jugendstilvilla gewohnt und ihm den Haushalt geführt, in dieser viel zu großen, düsteren Parterrewohnung mit ihren hohen Wänden und Mobiliar aus der Kaiserzeit, zwischen dem ich mich mit einem mal fremd fühlte. Allmählich begriff ich, dass mit ihm auch mein bisheriges Leben zu Grabe getragen worden war. Plötzlich war ich frei und – trotz der vielen Trauergäste – einsam.

Ein Freund der Familie begleitete mich vom Friedhof nach Hause und bot mir den Arm, als er sah, dass meine Geschwister alle mit ihren Ehepartnern gingen.

„Würden Sie es erlauben, dass ich Sie besuche, wenn die Trauergäste abgereist sind?", fragte er mich beim Abschied. „Ich könnte Sie bei Ihrem ersten Gang zum Grab Ihres verehrten Herrn Vaters begleiten."

Es war, als hätte er als einziger begriffen, was in mir vorging, als hätte er erraten, mit welcher Angst ich an meinen ersten

Gang zu Vaters Grab dachte. Ich war unsicher, ob Trauer oder Erleichterung überwiegen würden, wenn ich ihm, dem plötzlich Wehrlosen, Toten erstmals allein wieder gegenüber stehen würde. Seltsam, als er lebte, hatte ich Respekt, nie aber Furcht vor ihm gehabt.

So war mir der Vorschlag willkommen, und ich nahm das Angebot sogar mit einer gewissen Erleichterung an.

„Das wäre schön", antwortete ich. „Ein wenig fürchte ich mich vor seinem Grab."

Es blieb nicht bei einem Mal. Sonntag für Sonntag gingen wir von nun an gemeinsam zum Friedhof, und er half mir, meine Unsicherheit zu überwinden, machte die Besuche bei meinem Vater zur gemeinsamen Sache, bestand sogar darauf, sich zur Hälfte an den Blumen zu beteiligen, die wir dem Verstorbenen brachten.

„Fürchten Sie sich immer noch vor seinem Grab?" fragte er einmal.

„Ja, ein wenig immer noch", gab ich ehrlich zu.

„Und warum? Sie haben keinen Grund, sich vor ihm zu ängstigen. Er hat Sie geliebt. Und wenn es wirklich so sein sollte, dass er Ihre Besuche wahrnehmen kann, so freut er sich gewiss, wenn Sie kommen."

Dass ein Toter sich freuen könnte, war mir ein fremder Gedanke. Und trotzdem, er hatte etwas angesprochen, das in mir im Zwiespalt war.

„Er war bei aller Güte so streng in seinem Christentum. Schließlich war er Pastor. Und ich, seine eigene Tochter – ich bin nicht gläubig. In seiner Nähe bedrückt mich sein stiller Vorwurf. Es ist absurd, aber seit er tot ist, kommt es mir vor, als beobachte er mich ständig und lese alle meine Gedanken", entschlüpfte es mir, und ich war selbst erstaunt, wie klar ich plötzlich alles sah, als ich es sagte.

„Warum quälen Sie sich mit Dingen, die er immer schon gewusst und längst vergeben hat? Er hat Sie so genommen wie Sie sind. – ,*Wie Gott sie nun einmal erschaffen hat*', würde er wohl gesagt haben."

„Wir haben nie darüber gesprochen."

„Weil es der Worte nicht bedurfte."

„Trotzdem", beharrte ich trotzig. Aber gleichzeitig schämte mich ich über meine kindlichen Schuldgefühle. Und während ich noch über seine Worte nachdachte, fragte er:

„Ist es am Ende meinetwegen? Ich meine, weil Sie nicht allein kommen?"

Das war ein anderes Thema, doch auch hier hatte er Recht.

„Vielleicht auch das ein wenig", stimmte ich zu, hauptsächlich, weil ich keine Lust hatte, zu widersprechen.

„Da seien Sie beruhigt. Er wollte nicht, dass Sie alleine bleiben."

„Hat er das gesagt?", fragte ich erstaunt.

„Nicht direkt. Doch einmal, im Gespräch, als wir uns trafen, sagte er etwas, das klang so, als ob er mich bitten wolle, mich Ihrer anzunehmen, wenn er eines Tages nicht mehr da wäre."

„Wirklich? Tat er das? Wann war das?"

„Es ist nicht lange her. Nach einem Begräbnis. Wir gingen einen Teil des Weges gemeinsam. Er sagte es nicht direkt, doch mir kam es vor, als wolle er mich ermutigen."

Ich erinnerte mich, dass Vater, nicht lange vor seinem Tode, einmal über unseren Nachbarn mit mir gesprochen hat und zum Schluss zu mir sagte ,*Vielleicht findet er ja eines Tages doch noch wieder eine Frau*'. Und dabei hat er mich ganz ernst angeschaut.

„Dann weiß ich, wann es war", bestätigte ich ihm. „Er hat davon gesprochen, damals. Ich erinnere mich nicht mehr genau an seine Worte, aber es wirkte auf mich so, als ob er es bereue, mich so lange an sich gebunden und der Welt entzogen zu haben – was ja stimmt – und dass er sich um meine Zukunft Sorgen mache."

Er schwieg einen Augenblick. Dann schaute er mich an.

„Wenn dem so ist", sagte er, „wollen wir ihm nicht seine Sorge nehmen?"

Hatte ich richtig gehört? Ein Heiratsantrag? Er hatte ja Mut, so alt wie er war. Und das hier an Vaters Grab. Gut eingefädelt.

„Sie meinen…" Weiter kam ich nicht.

„Ja, das meine ich", bestätigte er, und dann kam es wirklich: „Ich frage Sie, hier an seinem Grabe, ob Sie meine Frau werden wollen."

Wahrhaftig. Ein Heiratsantrag. Nicht zu glauben. Ich hatte es mir manchmal schon in Gedanken vorgestellt, wenn wir zusammen zum Friedhof gingen. Im Grunde war ich nicht abgeneigt. Es würde wieder Ruhe in mein Leben bringen. Würde mir meine Sicherheit wiedergeben. Aber so plötzlich? Ich schaute auf unsere frischen Blumen zu Vaters Füßen. Vielleicht hatte er es wirklich so gewollt.

Warum nicht? Nach einer Weile des Nachdenkens nahm ich wortlos zustimmend seine Hand. Er hielt sie lange schweigend. Was dann kam, habe ich damals nicht begreifen können. Als stellte er seinen Antrag noch einmal in Frage, sagte er:

„Ich wünsche uns ein vertrautes Zusammenleben, ohne Geheimnisse, ohne Lüge. Könntest du dir das vorstellen?"

Die Frage war absurd. Ich hatte doch gerade ja gesagt. Nicht in Worten, aber er musste es doch begriffen haben.

„Ja. Sicher", antwortete ich kopfschüttelnd, „hätte ich sonst zugestimmt?"

Für ihn war es eine Liebesheirat. Trotz seiner 70 Jahre. Er turtelte und schmuste mit mir. Es war gewöhnungsbedürftig. Ich kam mir vor wie ein junges Kätzchen, das unablässig gestreichelt wurde, ob es wollte oder nicht. Manchmal auch wie die Prinzessin, die den Frosch küssen sollte – ich fand es eklig. Er hat sich nie in einen Prinzen verwandelt.

Mir war es lieber, wenn wir ruhig beieinander saßen und er meine Hand hielt. So, in sicherem Abstand, fühlte ich mich geliebt, konnte aber dabei meine gewünschte Abgeschiedenheit wahren.

Die Hochzeitsnacht gelang einfacher als befürchtet. Als ich nach seinen nicht enden wollenden Küssen endlich wieder Herr meiner Lippen war, brauchte ich nichts mehr zu tun. Er behandelte mich zärtlich, als wäre ich ein junges Mädchen, streichelte mich, drückte mich behutsam an sich, und ich erfuhr staunend, wie ein zwar alter, aber erfahrener Mann seine Frau ehelich zu verwöhnen versteht – was meiner jungfräulichen Unerfahrenheit sehr entgegen kam. Doch das, wovor ich mich in ängstlicher Neugier fürchtete, schien er nicht zu wollen, obwohl, wie mir nicht entgangen war, unter seinem Bauch sich etwas tat. Stattdessen ließ er unvermittelt von mir ab, kramte in der Nachttischschublade und schien – in der Dunkelheit konnte ich nicht sehen, was er tat – sich Öl oder Salbe auf die Hände zu reiben. Dann machte er sich daran, auch mich mit seiner glitschig kalten Tierarztpaste zu bestreichen. – War sein Kätzchen jetzt zur Hündin geworden, die der erfahrene Veterinär zur Operation vorbereitete? Für Sekunden glaubte ich beinahe, den kalten Edelstahl seines tiermedizinischen Operationstisches unter meinem Rücken zu fühlen und zu spüren, wie durch Rasur und Desinfektion der Bereich des Einstichs für das Skalpell vorbereitet wurde. Sollte es ohne Narkose geschehen? – Doch so schnell wie es gekommen war, zerfloss das irre Bild, als seine warme Hand bewirkte, was ich jahrzehntelang, der Not gehorchend, selbst erledigt hatte. Sein Bauch war störend. Doch was ich danach befürchtet hatte, blieb völlig aus. War es mein Alter? War es wegen des Eingriffs beim Gynäkologen, der mich, wie man so sagt, vollständig „ausgeräumt" hatte? Egal, es tat nicht weh. Es war nicht toll, aber trotz Bauch und Körpergewicht gut zu ertragen, zumal, kaum war er dort, es sich sogleich entlud. Kurzum, da unten war ich nicht so sehr sensibel und ertrug den nackten Frosch – der immer noch kein Prinz geworden war – dort eher als sein feuchtes Maul auf meinen Lippen. Erleichtert streichelte ich ihm den kahlen Schädel – zum ersten Mal, seit wir uns kannten. Ich hatte Angst, das könnte ihn, zumal er kleiner war als ich, in seiner Männlichkeit beleidigen. Wie der Kopf eines Kleinkindes fühlte er sich an. Rührend glatt, warm und zart, nur größer und härter. – Und er schien es sogar angenehm zu finden.

Am Rande von Bad Godesberg, im damals noch einsamen Tal gleich hinter den Kuranlagen, fanden wir im Obergeschoss eines Zweifamilienhauses eine hübsche kleine Wohnung mit herrlichem Blick ins Grüne.
Wohn- und Arbeitszimmer richteten wir mit unseren alten Möbeln ein: Etwas plüschig, aber sehr gemütlich.
Lediglich das Schlafzimmer haben wir neu gekauft. Ich glaube, dass es uns beiden nicht gefiel. Es war ein Kompromiss gewesen. Ich wollte nicht in seinen Ehebetten schlafen und er nicht ich denen meiner Eltern – was ich übrigens auch nicht gewollt hätte. So hatten wir uns etwas Modernes aufschwatzen lassen. Helles Birkenholz. Es passte weder zu ihm noch zu mir. Aber es war ja nur das Schlafzimmer. Die Betten und Matratzen waren gut, das war schließlich das Wichtigste.
Unser erster Hochzeitstag fiel auf einen Sonntag. Ich hatte Karten für „La Bohème" besorgt, seine Lieblingsoper.
Die Tage vorher schien er seltsam unruhig. Er war zu einer Vorsorgeuntersuchung gewesen und hatte einen Termin, um die Laborwerte zu erfahren. Offenbar war er aber nicht hingegangen. Er sagte mir, er habe den Arztbesuch auf Montag

verschoben. Abends wälzte er sich im Bett und konnte nicht schlafen.

„Was hast du denn?", fragte ich ihn, „bedrückt dich etwas?"

„Ach, nichts Besonderes", war seine ausweichende Antwort.

Ich vermutete, er hatte Angst vor dem medizinischen Befund, und ich versuchte, ihn zu beruhigen.

„Ist es der Arzttermin? Da mach dir keine Sorgen, es war doch eine Routineuntersuchung. Trotzdem, mir geht es genauso, wenn ich zum Frauenarzt gehe."

Er stand auf und ging ins Bad. Ich vermutete, er nehme eine kalte Dusche, wie er es manchmal tat, wenn er in der Nacht aufwachte und schwitzte. Als er sich wieder legte, schlief ich schon. Jedenfalls habe ich ihn nicht mehr gehört.

Am nächsten Morgen erzählte er, er habe einen grauenhaften Traum gehabt. Wovon er geträumt hatte, wollte er nicht sagen.

„Na dann werde ich dir mal was Schönes zum Essen kochen, damit du auf andere Gedanken kommst", versuchte ich ihn ein wenig aufzuheitern. „Was wünschst du dir denn?"

Erfreut ging er darauf ein:

„Letzte Woche gab es so wunderbaren Rosenkohl auf dem Markt. Darauf hätte ich Appetit. Und dazu Frikadellen."

„Schön", sagte ich, „Rosenkohl mit Frikadellen. – Salz- oder Bratkartoffeln?"

„Bratkartoffeln, wenn du schon fragst."

„Ist gut. Dann erhol dich mal erst ein wenig von der Nacht. Die Wochenendausgabe der Zeitung wird dich auf andere Gedanken bringen."

Ich legte ihm die Zeitung hin und ging zum Einkaufen.

„Schade", dachte ich, denn für das Mittagsessen am Hochzeitstag hatte ich Rouladen mit Rosenkohl vorgesehen. Das war sein Lieblingsessen und dabei sollte es auch bleiben. Aber tags zuvor auch schon Rosenkohl, das wollte ich nicht. Also kaufte ich zusätzlich Blumenkohl.

„Tut mir leid, der Rosenkohl war nicht so gut heute", log ich, als ich heimkam, „da habe ich Blumenkohl genommen. Den magst du doch auch immer gern. Schlimm?"
„Macht nichts", beruhigte er mich, „obwohl ich mich ja eigentlich schon auf Rosenkohl gefreut hatte."

Als ich am Hochzeitstag aufwachte, war Herbert schon aufgestanden. Auf dem Wohnzimmertisch stand ein herrlicher rosenbestückter Blumenstrauß. Herbert stand im Wohnzimmer am Fenster und schaute hinaus. Fast war es schon ein Frühlingstag. Zwar funkelte in der frühen Morgensonne weißer Reif auf den Wiesen, aber wo die Sonne hingekommen war, taute er bereits. Ideales Wetter für unseren Hochzeitsspaziergang.
Ich trat zu ihm ans Fenster. Da drehte er sich zu mir um, nahm mich in die Arme.
„Lass uns einen Spaziergang zum Grab deines Vaters machen", schlug er vor, und nach einer kleinen Pause fügte er seltsam ernst hinzu „Schließlich hat er uns ja zusammengeführt".
Ich hatte die gleiche Idee gehabt. Gestern schon. Aber ich hatte mich gescheut, es vorzuschlagen. Erfreut stimmte ich zu.
Ich hatte keine Furcht mehr vor seinem Grab. Sicher. Vaters Überreste lagen dort unter den Tannenzweigen, mit denen wir es zum Winter abgedeckt hatten und zwischen denen die ersten Christrosen hervorkamen. Aber es lagen eben nur noch die Überreste seines Körpers unter den Blumen. Ich hatte nicht mehr das Gefühl, ihn, meinen Vater, die Person zu besuchen, wenn wir herkamen. Es war jetzt für mich viel mehr der Ort, an dem Herberts Heiratsantrag mein Leben neu geordnet hatte. Und wenn wir gemeinsam das Grab pflegten, Blumen pflanzten oder mitbrachten und in eine Vase stellten, dann galten sie eher uns als dem Verstorbenen.

Als wir vom Friedhof zurückkamen, ruhte sich Herbert, ermüdet vom langen Weg, aus, während ich das Essen vorbereitete. Was würde er wohl sagen, wenn er nun doch noch zu seinem Rosenkohl kommt? Er sagte nichts. Bedankte sich zwar, als er sich setzte, für das schöne Essen und die Mühe, die ich mir wieder einmal damit gemacht hätte, aber keine Bemerkung zum Rosenkohl.

Gleich nach dem Nachtisch zog er sich zum Nachmittagsschlaf zurück. Ich ließ ihn schlafen. Es begann schon zu dämmern, als ich ihn zum verspäteten Kaffeetrinken weckte. Auf das Abendessen vor der Oper wollten wir ohnehin verzichten.

Pucciniopern sind auch für mich neben denen von Rossini die Opern, die ich am liebsten höre. Die Bohème allerdings war mir immer etwas zu sentimental gewesen. An diesem Abend aber – lag es daran, dass es unser Hochzeitstag war? – steckte mich die Ergriffenheit von Herbert an, der am Ende sein Taschentuch nicht mehr aus der Hand ließ. Es tat gut, dass der anschließende begeisterte Applaus des Publikums die düstere Stimmung schnell verfliegen ließ.

Nach Hause zurückgekehrt, setzten wir uns zum Ausklang unseres ersten Hochzeitstages mit einem Gläschen „Wehlener Sonnenuhr" und selbstgemachtem heißem Käsegebäck in die noch von meinem Vater stammenden großen roten Polstersessel. Ich legte noch einmal Auszüge von Puccinis Bohème auf. Herbert schien es zu genießen, dass ich ihn so verwöhnte. Er sagte nicht viel, aber nach einer Weile griff er nach meiner Hand und ließ sie nicht wieder los, bis ich, als der von mittags übrig gebliebene Wein zur Neige ging, ihn fragte „Soll ich noch ein Fläschchen raufholen?"

Entgegen seiner Gewohnheit stimmte er einer zweiten Flasche zu:

„Das wäre schön. Ich bin müde, und ich würde mich freuen, wenn du mir die lästige Treppenlauferei abnähmst. Vielen Dank."

Als ich zurückkam, fragte er:

„Hast du unten wieder abgeschlossen? Gestern war alles offen. Du weißt, die Nachbarn kommen morgen wieder."

„Ja. Hab ich", sagte ich spontan und ein wenig verärgert über die Bevormundung. Dann kamen mir Zweifel. Hatte ich wirklich zugeschlossen? Ich konnte mich nicht erinnern. Sollte ich gehen und nachschauen? Was soll's. Ich konnte ebenso gut morgen abschließen, wenn ich die Zeitung heraufhole. Es wird schon nichts passieren. Niemand würde etwas stehlen. Außerdem, vielleicht hatte ich ja doch abgeschlossen.

Vielleicht hätten wir es doch bei der einen Flasche belassen sollen. Herbert war plötzlich sehr still geworden. Auch ich war müde. Es war spät. Unsere Gläser waren leer. Ich schlug vor, zu Bett zu gehen.

„Geh ruhig schon, ich komme gleich nach", sagte er. „Gute Nacht!" fügte er dann hinzu.

Ich hatte schon eine Weile geschlafen, als ich durch seltsame Geräusche aus dem Badezimmer geweckt wurde. Erst dachte ich an einen Einbrecher, da es sich wie der Schlüssel in einem Schloss anhörte. Aber ich sah, dass Herbert noch nicht im Bett war, und beruhigt schloss ich die Augen.

Als er aber immer weiter im Bad an irgendetwas herumwerkelte und keine Anstalten machte ins Bett zu kommen, stand ich auf.

Auf dem Tisch liegt der Kellerschlüssel, daneben ein Zettel. Handgeschrieben. Sein alter Medizinschrank steht offen …

Vom Wohnzimmer aus sehe ich ihn mit einem Glas in der Hand, aus dem er hastig eine gelbliche Flüssigkeit trinkt. Ich stürze ins Bad.

„Herbert!" rufe ich entsetzt, als ich merke, wie er schwankt, schlage ihm das Glas aus der Hand und sehe, wie er von den Scherben blutet, so fest hatte er das Glas umkrampft.

„Was machst du denn nur? Nicht! Nein! Nein! Nein!", schreie ich ihn an, aber da fällt er schon. Fällt in meine Arme, der schwere Körper, den ich nicht halten kann, und geht zu Boden. Notruf. Bahre. Alles zu spät.

Ich lese den Zettel – seinen Abschiedsbrief.

Eigentlich war mein Leben mit Ruths Tod zu Ende gegangen. Ich hätte mitgehen sollen nach drüben – oder halt ins Nichts, wenn es kein Drüben gibt. Immer noch besser, als allein hier zu bleiben und auf das Ende zu warten.

„Wenn Du wieder heiraten willst" – hatte sie mir sterbend noch ans Herz gelegt – „so frage sie, ob sie ohne Lüge leben kann."

Und ihr wissendes schalkhaftes Lächeln legte sich noch einmal über das Gesicht, als sie, wie einen Orakelspruch, hinzufügte: „Antwortet sie mit ‚Ja!', lass sie laufen."

Ich versprach es.

Die ganzen Jahre danach hatte sich keine Gelegenheit ergeben, die Frage zu stellen. Nicht ein einziges Frauchen, das mit seinem Hund oder Kätzchen in meine Praxis kam, damit ich ihren Liebling seiner Männlich- oder Weiblichkeit beraube, wäre es wert gewesen. Entweder waren sie verheiratet oder sie schienen mir die Mühe nicht zu lohnen. Und später, als ich die Praxis aufgegeben hatte, wurde mir immer deutlicher, dass ich lieber allein bleiben wollte, in Gedanken bei Ruth.

Was Frauen angeht, war ich immun geworden, um in der Sprache meines Berufes zu sprechen. Und wenn überhaupt eine Person in Frage kam, dann vielleicht am ehesten noch die Tochter des alten Herrn gegenüber, die ihrem Vater, dem pensionierten Herrn Pastor, den Haushalt führte.

Fast täglich sah ich sie an meinem Fenster vorbeikommen, wenn sie schnellen Schrittes einkaufen ging und dann wenig später beladen heimkehrte. Bisweilen ertappte ich mich dabei, dass ich sie beobachtete, wenn sie die Blumenkästen goss oder die Fenster putzte. Aber noch war sie vergeben. Langfristig ausgeliehen sozusagen von ihrem betagten Vater, der ohne sie nicht mehr zurecht gekommen wäre.

Als der alte Herr neunzig wurde, nutzte ich die Gelegenheit für einen Besuch. An der Eingangstür kam sie mir entgegen, und ich hatte den Eindruck, dass sie mich herzlicher begrüßte, als wenn sie nur einen Gratulanten in mir sähe, der seiner nachbarlichen Anstandspflicht nachkommt. Vielleicht hatte es sie verlegen gemacht, dass ich ihr mit einem so prächtigen Blumenstrauß entgegentrat, in dessen Mitte ich eine Rose hatte einbinden lassen. Bis ich mich verabschiedete, beachtete sie mich nicht weiter. Dennoch machte ich ihr, bevor ich ging, noch ein kleines Kompliment.

„Das ist ja wirklich eine eindrucksvolle Feier. Sicher haben Sie wochenlang an den Vorbereitungen gearbeitet, um für Ihren Herrn Vater so ein riesiges Fest zu organisieren."

„Aber so etwas tu ich doch gern", erwiderte sie und fügte bescheiden hinzu „Außerdem sind ja zwei Schwestern da, die kräftig mit anpacken."

„Immerhin, mein Kompliment!" beharrte ich und verabschiedete mich.

Mein Gruß wurde seitdem vertraulicher erwidert, wenn wir uns auf der Straße begegneten. Bisweilen wagte ich es fortan, mit einer Erkundigung nach dem Wohlergehen des Herrn Vaters ein kleines Gespräch mit ihr anzuknüpfen, was sie in der liebenswürdigsten Weise akzeptierte. Es war, als hätte sie sich geschmeichelt gefühlt, als glaubte sie, ich wolle mich erkundigen, wann sie denn wohl für mich frei sein werde. Ihre Freundlichkeit wirkte auf mich wie ein Vorschuss auf spätere Zeiten, den sie mir vorab zuteilwerden ließ.

Auch mit dem gestrengen Herrn Pastor kam ich einige Male ins Gespräch. Einmal, als wir nach der Beerdigung eines gemeinsamen Bekannten den gleichen Heimweg hatten, lenkte er wie zufällig das Gespräch auf seine Tochter, und er war des Lobes voll. Sorge mache ihm, gestand er, was aus ihr werden solle, wenn er einmal nicht mehr wäre. Nicht finanziell, da habe er für sie gesorgt. Aber die Einsamkeit, die sie ihm so lange Zeit erspart habe, käme ja dann auf sie zu. Sie wäre dann ganz allein. Nun freilich, für sie als Frau sei das ja vielleicht einfacher. Sie wisse ja vortrefflich einen Haushalt zu führen.

Der von ihm befürchtete Zustand stellte sich schneller ein als vorauszusehen war. Auf einem Gang zum sonntäglichen Gottesdienst stürzte er und fiel so unglücklich, dass er wenige Tage darauf verstarb.

Ich hatte die Ehre, die quasi verwitwete Tochter nach dem Begräbnis nach Hause begleiten zu dürfen, wo für die Trauergemeinde eine Kaffeetafel vorbereitet war.

„Würden Sie es erlauben", fragte ich beim Abschied, „dass ich Sie besuche, wenn die Trauergäste abgereist sind? Ich könnte Sie bei Ihrem ersten Gang zum Grab Ihres verehrten Herrn Vaters begleiten."

Etwas überrascht, aber keinesfalls abweisend, wie mir schien, schaute sie mich an und ermunterte mich:

„Das wäre schön. Ein wenig fürchte ich mich vor seinem Grab."

Es schien ihr angenehm, nicht allein zu gehen, und bald gaben wir allsonntäglich gemeinsam dem Entschlafenen die Ehre. Immer abwechselnd besorgten wir unseren Sonntagsblumen-strauß für das Grab. Heimlich sah ich zu, dass immer eine Rose in meinem Sträußchen eingebunden war, und ich fühlte mich mit dem seligen Herrn Pfarrer einig in meinem Tun.

Es mochten so zwei Monate vergangen sein. Der Winter war noch nicht vorüber. Aber wie es bisweilen schon in den letzten Januartagen vorkommt, wehte ein lauer Wind, der eine Vorahnung davon gab, dass es in wenigen Wochen vorbei sein würde mit der Kälte. Wieder einmal standen wir am Grab und legten unsere Blumen wie Opfergaben nieder.

„Fürchten Sie sich immer noch vor seinem Grab?" fragte ich.

„Ja, ein wenig immer noch."

„Ist es am Ende meinetwegen? Ich meine, weil Sie nicht allein kommen?", forschte ich nach.

„Vielleicht auch das ein wenig."

„Da seien Sie beruhigt. Er wollte nicht, dass Sie alleine bleiben."

„Hat er das gesagt?", fragte sie erstaunt.

Als ich es bejahte, und ihr von einer Unterhaltung erzählte, in dem er seine Sorge um ihre Zukunft angedeutet hatte, schien sie beruhigt.

Die günstige Wendung des Gesprächs nutzend, wagte ich es, ihr meinen Antrag zu machen:

„Wenn dem so ist, wollen wir ihm nicht seine Sorge nehmen?"

Sie schwieg. Und als wäre es nicht deutlich genug gewesen, fragte sie nach einer Weile unsicher:

„Sie meinen…" Ich ersparte es ihr, den Satz zu Ende führen zu müssen, und unterbrach sie.

„Ja, das meine ich. Ich frage Sie, hier an seinem Grabe, ob Sie meine Frau werden wollen."

Sie antwortete nicht sogleich und schaute auf unsere frischen Blumen zu Füßen ihres Vaters. Dann stimmte sie zu, indem sie wortlos meine Hand nahm.

Da fielen mir die Worte ein, die Ruth mir mitgegeben hatte, und ich fragte sie:

„Ich wünsche uns ein vertrautes Zusammenleben, ohne Geheimnisse, ohne Lüge. Könntest du dir das vorstellen?"

Die Frage schien sie zu verwirren.

Einen Augenblick zögerte sie. Dann sagte sie, offenbar ein wenig verwundert:

„Ja. Sicher. Hätte ich sonst zugestimmt?"

Warum hatte ich gefragt? Es war ein Fehler. Der Teufel musste mich geritten haben. Wer könnte in einem solchen Augenblick anders antworten?

Ich nahm sie in die Arme, und sie ließ es sich so gern gefallen, dass wir minutenlang bewegungslos vor dem Grabe ihres Vaters verharrten.

Als wir gingen, drehte sie sich noch einmal um, und es kam mir vor, als ob sie ihrem Vater, ohne dass ich es bemerken sollte, heimlich winkte.

Unbeschwert und heiter erlebten wir den ersten gemeinsamen Sommer, in dem wir in die helle Welt des Glücks zurückgekehrt waren.

Wir machten eine Deutschlandreise, sahen die Stätten wieder, wo wir unsere Kindheit verbracht hatten, erzählten uns gegenseitig Jugenderlebnisse, besuchten Freunde und Verwandte, richteten uns eine neue Wohnung ein, und für den Winter bestellten wir uns ein Opern- und Konzertabonnement.

Beim Theaterbesuch ereignete es sich zum ersten Mal. Käthe wurde aufs freundlichste von einem Herrn gegrüßt, den ich nicht kannte.

„Wer war denn das?" fragte ich.

„Das weiß ich auch nicht", erklärte sie.

Doch die Begegnung wiederholte sich. Er schien Abonnent zu sein wie wir. In jeder Pause begegnete man sich. Inzwischen grüßte er nicht nur sie, sondern nickte auch mir freundlich zu, so dass ich eines Tages stehen blieb, ihn begrüßte, mich vorstellte und fragte, woher wir uns kennen.

„Ich kannte Ihren Schwiegervater recht gut aus der Zeit, als ich Presbyter in seiner früheren Gemeinde war. Daher auch die Bekanntschaft mit Ihrer Frau, die ihn gelegentlich begleitete." Wenige Tage später, als ich auf dem Wege zum Arzt noch einen kleinen Umweg machte, entdeckte ich in der Stadt zufällig Käthe, wie sie sich mit eben diesem Herrn angeregt unterhielt und sie dann zusammen in ein Café gingen. Es war das Café, in dem wir immer unseren Kaffee kauften. Mir hatte sie gesagt, sie wolle sich mit einer alten Bekannten zu einem Stadtbummel treffen.

„Wie war dein Treffen mit der Freundin?" fragte ich sie am Abend.

„Wir haben uns verfehlt. Da bin ich allein ein wenig durch die Stadt gebummelt", war die Antwort.

Vom Cafébesuch sagte sie nichts. Sicherlich war alles harmlos, und ich wollte auch, dass es harmlos sei und forschte nicht weiter. Ich zog es vor, ihr zu glauben. Vielleicht wollten auch beide nur zufällig den gleichen Kaffee kaufen und haben sich darüber belustigt unterhalten. Warum sollte sie mir auch solch eine unwesentliche Begegnung unbedingt erzählen und dadurch aufwerten?

Aber die Unruhe blieb. Ich fragte mich, ob die Tatsache, dass ich nicht nachfragte und meine Beobachtung für mich behielt, nicht eigentlich auch eine Form von Vertrauensbruch war. Ich wusste etwas und verbarg mein Wissen vor ihr. Ist nicht Verschweigen der Anfang eines jeden Betruges und sind Heimlichkeit und Lüge nicht wie Henne und Ei?

Als sie sich das nächste Mal wieder mit ihrer Freundin verabredet hatte, war es – Zufall oder nicht? – wie das letzte Mal, wieder an einem Nachmittag, an dem ich einen Termin beim Internisten hatte. Diesmal sollte ich die Laborergebnisse erfahren.

Ich verschob den Termin auf den nächsten Montag und folgte ihr heimlich. Wieder ging sie in das gleiche Café. Diesmal allein. Doch wer weiß, vielleicht wurde sie erwartet. Ich wollte gerade zu ihr gehen, da kam ihre Freundin, die mich begrüßte. „Haben Sie Käthe nicht mitgebracht? Wir sind doch verabredet."

„Ja, sie ist schon im Café. Gehen Sie nur hinein, sie erwartet Sie."

Nichts Aufregendes also. Dennoch blieb ich beunruhigt. Am Abend konnte ich keinen Schlaf finden.

„Was hast du denn? Bedrückt dich etwas?", fragte sie besorgt, als sie merkte, dass ich mich im Bett wälzte.

„Ach, nichts Besonderes", sagte ich wahrheitsgemäß.

„Ist es der Arzttermin? Da mach dir keine Sorgen, es war doch eine Routineuntersuchung. Allerdings, ich gebe zu, mir geht es ebenso, wenn ich zum Frauenarzt muss."

Ich ging ins Bad, wusch mir das Gesicht und trank ein Glas Wasser. Als ich zurückkam, schlief sie.

Es wurde eine schlechte Nacht.

So, wie ich mich verhielt, hatte ich niemals leben wollen. Warum vertraute ich ihr nicht einfach, erzählte ihr von meinem eifersüchtigen Argwohn, und löste den Knoten, wie ich es früher immer gemacht habe, bevor er sich verfestigte? Fürchtete ich, dass mir bei Käthe misslingen würde, was bei Ruth selbstverständlich gewesen war? Hatte ich Angst, sie zu verlieren?

Gegen Morgen fiel ich in tiefen Schlaf. Als ich aufwachte, war ich schweißnass. Ich musste geträumt haben, konnte mich aber zunächst nur an einen zermürbenden Streit erinnern. Anfangs dachte ich, es sei ein Streit mit Käthe gewesen. In der Erinnerung vermischte sich aber die Traumgestalt mit der

Person meiner Tochter. Auch der Gegenstand des Streits war unklar. Irgendetwas war in meiner Tierpraxis falsch gelaufen. Dann sah ich alles wieder vor mir. Ein eingeschläferter Hund war nicht gestorben, sondern plötzlich halb gelähmt und bösartig die Zähne fletschend wieder aufgewacht, vom Operationstisch gesprungen und knurrend davongehumpelt. Ich versuchte, ihn einzufangen. Vergebens. Immer wenn ich glaubte, ihn packen zu können, schnappte er mit seinen fürchterlichen Zähnen nach mir. Ein paar Mal erwischte er mich. Ich blutete, aber es tat nicht weh. Schließlich entkam er. Ich lief ihm nach, mit einem Knüppel in der Hand. Umsonst. Ich erwischte ihn nicht mehr. Was Käthe und Sonja damit zu tun gehabt hatten, wurde desto unklarer, je mehr ich darüber nachdachte. Als ich Käthe beim Frühstück davon erzählen wollte, erinnerte ich mich zunächst nur noch an den grauenvollen Blick des bösartig gewordenen Hundes. Ich gab auf. Sagte nur, dass ich schlecht geschlafen und noch schlechter geträumt hatte.

Sie versuchte, mich zu trösten.

„Na dann werde ich dir mal was Schönes zum Essen kochen, damit du auf andere Gedanken kommst. Was wünschst du dir denn?", fragte sie

„Letzte Woche gab es so schönen Rosenkohl auf dem Markt. Darauf hätte ich Appetit. Und dazu am liebsten Frikadellen."

„Schön. Rosenkohl mit Frikadellen. Salz- oder Bratkartoffeln?"

„Bratkartoffeln, wenn du schon fragst."

„Ist gut. Dann erhol dich mal erst ein wenig von der Nacht. Die Wochenendausgabe unserer Zeitung wird dich auf andere Gedanken bringen."

Damit ging sie fort zum Einkaufen.

„Tut mir leid, der Rosenkohl war nicht so gut heute. Da habe ich Blumenkohl genommen. Den magst du doch auch immer gern. Schlimm?", sagte sie, gleich als sie zurückkam. „Macht nichts. Obwohl ich mich ja eigentlich schon auf Rosenkohl gefreut hatte", beruhigte ich sie.

Da tags darauf unser einjähriger Hochzeitstag war, ging ich vor dem Essen noch einmal los und besorgte einen großen Blumenstrauß. Auf dem Markt sah ich überall wunderschönen Rosenkohl. Seltsam. Warum redet sie denn so einen Unsinn? Den Blumenstrauß versteckte ich in unserem Verschlag im Keller hinter einem großen Karton neben dem Weinregal. Zu meinem Ärger war der Verschlag nicht verschlossen. Käthe ließ ihn bisweilen auf. Sie fand es praktischer so. Mir behagte das nicht. Das wusste sie.

Am Hochzeitsmorgen leuchtete in der frühen Morgensonne noch weißer Reif auf den Wiesen, aber wo die Sonne ihn erwischte, war er schnell geschmolzen, und wir konnten einen geruhsamen Morgenspaziergang machen, ohne befürchten zu müssen, dass uns ähnliches Missgeschick träfe wie einst den seligen Herrn Pfarrer.

Wir gingen, wie so oft, zu seinem Grab. Dort, wo wir uns unter seinen Augen verlobt hatten, war mir, als sei er gegenwärtig und mache mir Vorwürfe. Es wunderte mich nicht. Er war es ja gewesen, der uns zusammengeführt hatte. Er trug mit an der Verantwortung, war mein Komplize. Dreißig Jahre hatte er mit ihr zusammen gelebt. Und war voller Dankbarkeit gewesen. Bis zuletzt. Sicherlich hat er ihre kleinen Eigenmächtigkeiten ebenso mit einem wissenden, verzeihenden Lächeln hingenommen wie ihre treue Hilfe, derer er sich erfreuen durfte. – Warum bin ich so viel kleinlicher als er es gewesen war?

Für abends hatte Käthe Opernkarten für „La Bohème" besorgt. Zum Mittagessen blieben wir zu Hause. Was aber stellte sie als Erstes auf den festlich gedeckten Esstisch? Rosenkohl – allerdings nicht mit Frikadellen sondern mit Rinderrouladen, einer Spezialität von Käthe, die ich besonders liebte.

Gestärkt durch Mittagsschlaf und Festtagskuchen, verzichteten wir vor der Oper auf ein Abendessen und bestellten uns für die Pause in Foyer Krabben- und Schinkenschnittchen und dazu ein Gläschen Sekt.

Schon im ersten Teil hatte mich die Verzweiflung Rudolphs über das unerklärliche Verschwinden seiner geliebten Mimi an diesem Opernabend tief berührt. Ihr zwar absehbar unausweichlicher, aber dadurch nur desto schicksalhafterer Tod mit seiner herzzerreißenden Sterbeszene hatte mich am Ende ganz mitgenommen.

Abstoßend und ordinär dann das anschließende begeisterte Klatschen und sogar Bravorufe der primitiven Zuschauermasse, die Vorhang um Vorhang erzwang, ehe sie Ruhe gab, nachdem sie mich in der vulgärsten Weise aus der Welt Puccinis gerissen hatte. Als dann zu allem Überfluss noch der Herr Presbyter auftauchte und die lobenden Worte zur Aufführung nachbetete, die seinerzeit nach der Premiere die Kritik der Tagespresse verbreitet hatte, steigerte sich mein Unbehagen ins Unerträgliche.

Nach Hause zurückgekehrt, setzten wir uns zum Ausklang unseres ersten Hochzeitstages zu einem Gläschen „Wehlener Sonnenuhr" und von Käthe selbstgemachtem heißem Käsegebäck. Wir hörten uns noch einmal Auszüge der Bohème an. Und unter dem Einfluss von Käthes liebevoller Umsorgung, begünstigt von Musik und Alkohol, wich allmählich meine Missstimmung zugunsten einer weichen, versöhnlichen Gefühlslage.

„Soll ich noch ein Fläschchen raufholen?", fragte sie, als der Wein zur Neige ging. Dankend nahm ich ihr Angebot an. Ich war müde, und froh, dass sie mir die lästige Treppenlauferei abnehmen wollte.

Kaum allein, war es auch schon wieder da. Der Alkohol hatte mich zwar schläfrig gemacht, nicht aber wirklich beruhigt. Unter dieser scheinbaren Trägheit entwickelte ich eine eigentümliche Sensibilität und sprungbereite Reizbarkeit.

„Hast Du unten wieder abgeschlossen?", fragte ich, als sie mit dem Wein zurückkam, „Gestern war alles offen. Du weißt, die Nachbarn kommen morgen wieder."

„Ja. Hab ich", sagte sie spontan und, wie ich fand, etwas schnippisch. Sie ging, ohne mich anzuschauen, mit der Flasche in die Küche, holte den Korkenzieher und stellte beides wortlos vor mich auf den Tisch. – Vermutlich hatte ich sie verärgert mit meiner Frage.

Ich öffnete die neue Flasche und schenkte ein. Aber der Wein machte mich weiter schlapp und kritisch. Kritisch gegen mich ebenso wie gegen sie. Bald darauf schlug sie vor, schlafen zu gehen.

Zu träge und zu verstimmt, um sogleich ins Bett zu wollen, ließ ich ihr den Vortritt, schenkte mir noch einmal ein und verfiel im Rückblick auf unser erstes Jahr ins Grübeln.

Das anfängliche Strohfeuer war vorüber. Ein wenig sehnte ich mich zurück nach der Ruhe des Alleinseins. Aber wie trostlos waren doch meine einsamen Abende gewesen. Es war angenehm, Käthe um mich zu haben, hätte es nicht diese zermürbenden Zweifel an ihrer Ehrlichkeit gegeben. Wie mühelos konnte sie die Unwahrheit sagen. Es habe auf dem ganzen Markt keinen guten Rosenkohl gegeben. Sie habe ihre Freundin verfehlt. Sie kenne den Herrn aus der Oper überhaupt nicht.

Beim Gedanken an die Oper erscheint mir das seltsam lächelnde Gesicht des Presbyters vor meinen Augen und plötzlich überkommt es mich.

Ich stehe auf, bin mit einem Mal hellwach und nüchtern. Unwiderstehlich zieht es mich hinab zum Keller wie zur Befragung eines Orakels. Hat sie abgeschlossen, werde ich sie nie wieder verdächtigen. Wenn aber nicht, dann weiß ich, dass ich vor einem Jahr einen Irrweg begonnen habe, den es zu beenden gilt.

Mühsam steige ich die Treppen wieder nach oben. An jedem Absatz bleibe ich unentschlossen stehen. Soll ich überhaupt noch weiter gehen. Wozu? Mich neben sie ins Bett legen, den Irrweg weiter gehen, als wäre nichts gewesen? Oder soll ich auf dem Sofa schlafen? Über derlei kindliche Spielereien bin ich hinaus.

Ich schreibe einen Zettel und lege ihn mit dem Kellerschlüssel auf den Tisch. Die Schlafzimmertür ist halb offen. Käthe schläft.

Im Bad fülle ich ein Glas halb voll mit warmem Wasser, schließe den alten Medizinschrank auf, nehme ein kleines sorgsam gehütetes Fläschchen heraus und gieße seinen Inhalt ins Glas, um es in einem Zuge leer zu trinken. Das Bild des bösartigen humpelnd fliehenden Hundes geht mir durch die schwindenden Sinne. Dabei höre ich von ferne ein Wehgeschrei, wie aus einer anderen Welt:

„Herbert! Was hast du denn nur?"

Ich fühle, wie mir das Glas aus der Hand geschlagen wird. Ich falle. Aber seltsam, ich schlage nicht schmerzhaft auf, scheine zu schweben.

WIE AUF ERDEN ALSO AUCH IM HIMMEL

AUF ERDEN

Es ist nicht mein Vater, was da liegt. Ich, seine Tochter, empfinde es nicht so. Eben lebte er noch darin. Und das, was da lebte, war er. Nicht dieser unförmige Leib. Der gehörte natürlich zu ihm. Solange er noch drin war. Aber so nicht mehr. Nichts zieht mich jetzt noch zu diesem Körper. Sicher ist er noch warm.

Nicht das Blut und das Gebrochene stößt mich ab, hindert mich, mich auf ihn zu stürzen, ihn zu umarmen, zu küssen. Wenn er sich bewegte, atmete, oder auch nur röchelte, aber immerhin noch lebte, sofort. Ich würde ihn nehmen, streicheln, ihm Blut und Erbrochenes abwischen, mir nichts dabei denken, ihn aufrichten und in die Arme nehmen, ihm Trost zusprechen, ihn an mich drücken. Er wäre es ja noch. Mein Vater. Aber den Leichnam, der da liegt, ich kann ihn getrost den Sanitätern und Bestattern überlassen.

Wenn überhaupt noch irgendwo, dann ist er in mir. Und natürlich in all den anderen, die ihn gekannt haben. Aber vor allem wohl in mir. Ich kannte ihn am längsten. Länger sogar als mein Bruder. Die ihn vor mir kannten, leben fast alle nicht mehr. Abgesehen von den Älteren der Verwandtschaft. Die standen ihm aber nicht nahe.

Vor Jahren schon hat er entschieden, dass er neben Mutter liegen möchte, wenn es einmal so weit sei. Seine Beerdigung ginge nur sie etwas an und seine Kinder. Keine Anzeige vorher. ‚In aller Stille'.

Ich gehe hinunter und setze mich zu Martin. Er hat ihn gefunden. Mich zu ihm geführt. Mich gehalten und sich dann bescheiden zurückgezogen, als er fühlte, dass ich allein sein wollte. Allein mit meinen Gedanken.

Unvorstellbar. Eben hat er noch mit uns gegessen. Hat über Übelkeit geklagt, als er ging. Ob er mitkommen solle, hatte Martin gefragt, nur die Treppe hinauf, da er sich doch nicht recht wohl fühle. Aber er hatte nur freundlich gedankt und das Angebot seines besorgten Sohnes zurückgewiesen.

Wir hörten ihn die knarrenden Stufen hinaufsteigen. Langsam wie immer. Aber gleichmäßig. Mit Pausen an jedem Treppenabsatz.

Erst viel später dann das Rumpeln oben. Wir lauschen in die Stille. Beunruhigt.

„Sollen wir lieber mal nachsehen?"

„Ich geh schon."

Bevor er antwortet, ist er schon aufgestanden. Ungewöhnlich schnell und leise geht er die Treppen hinauf. Anklopfen an Vaters Tür. Dann kein Ton mehr von oben. Kein ‚Ja, komm herein!', überhaupt keine Stimmen.

Ich höre, dass er das Telefon benutzt. Will hinterher, aber da kommt er mit polternden lauten Schritten eilig die Treppe hinab gelaufen. Er umarmt mich stumm. Dann nimmt er wortlos meine Hand und führt mich nach oben.

Jetzt sitzen wir wieder schweigend in der Küche. Man bringt ihn fort. Martin will nicht, dass ich dabei bin. Er hat recht. Dort draußen ist er ja nicht. Er ist hier in der Küche. Bei uns – wenn überhaupt irgendwo.

Vater war alt. Weit über 80. Und seit langem krank. Auf seinen Tod war ich vorbereitet. Nicht auf meinen Verlust. Nicht darauf, dass er plötzlich nicht mehr da ist, dass ich ihm nichts mehr sagen kann, dass ich Waise bin.

Dass sein Teller und sein Besteck nicht gedeckt waren, wenn wir aßen, das hat es auch vorher gegeben. Aber es hat jetzt eine andere Bedeutung. Früher war er einfach weg. In die Stadt gefahren, übers Wochenende in Koblenz oder noch nicht aufgestanden. Jetzt macht ihn ausgerechnet seine Abwesenheit so gegenwärtig.

Zweimal fahre ich zum Pastor nach Burg an der Wupper. Er empfängt mich in dem Pfarrhaus, das sich einst mein Großvater gebaut hat. Der junge Pfarrer nimmt sich Zeit für die Enkelin seines Vorvorgängers. Zu Fuß wandern wir in aller Ruhe gemeinsam den steilen Waldpfad hinauf zu dem einsamen Friedhof, um alles zu besprechen. Ich muss ihm viel von unserem Vater erzählen. Nach unserem Gespräch bittet er mich um die Stichworte, die ich mir vorher aufgeschrieben hatte. Völlig absurd. Er weiß, dass wir – Vater nicht mitgezählt – nur zu dritt sein werden: Er, Martin und ich. Er versucht noch, uns davon abzubringen, aber am Ende fügt er sich. Dennoch. Er will sich vorbereiten. Will er uns später klar machen, wer unser Vater gewesen ist? Glaubt er, ihn besser zu verstehen als wir, wenn ich ihm seine Lebensgeschichte erzähle? Will er uns das bei der Trauerfeier vor Augen führen, er, für den Vater bis vor wenigen Stunden ein Unbekannter gewesen war, uns, den Kindern? Vielleicht aus seiner geistlichen Sicht?

„Liebe Trauergemeinde", beginnt er. Und dann erzählt er uns ausführlich aus dem Leben unseres Vaters genau das, was ich ihm aufgeschrieben und berichtet habe. Ganz sachlich. Ohne christliche Vernebelung, nur mit kleinen Irrtümern. Kleidung, Stimme, Tonfall und Haltung weisen ihn als Geistlichen aus. Er schaut über uns hinweg. Als stände er wirklich vor einer großen unwissenden Trauergemeinde. Er hat auf Automatik geschaltet. Eigentlich sind wir überflüssig.

Am Ende des kirchlichen Aktes kommen sechs Träger in schwarzen Umhängen mit Zylindern und weißen Handschuhen, heben den Sarg an, warten vor dem Verlassen der Kirche auf den Herrn Pfarrer, damit er vorangeht. Uns weist der Geistliche unseren Platz hinter dem Sarg an, wie sich das bei einem christlichen Trauerzug gehört.

So ziehen wir – inzwischen immerhin zu Neunt, die Träger eingerechnet, – im gemessenen Trauerschritt durch die Trostlosigkeit des Friedhofs hin zur frisch ausgehobenen Grube.

Noch einmal ist unser Vater ganz nahe. Ob es wohl wirklich so in seinem Sinne ist? Oder ist es vielleicht doch am Ende für einen pensionierten Oberstudiendirektor unwürdig, so heimlich zu Grabe getragen zu werden?

Die Gedanken fliehen weit fort. Verweilen nicht beim Herablassen des Sarges. Doch ein völlig unerwarteter und daher desto überraschender Vorgang reißt mich jäh aus meinen Überlegungen: wie auf ein stilles Kommando ziehen die sechs schwarzen Zylindermänner gleichzeitig ihre weißen Handschuhe aus, und gleichzeitig werfen sie sie ins Grab auf den Sarg des Verstorbenen. Dann greifen sie, ebenso synchron, an ihre Zylinder, ziehen sie vom Kopf, werfen sie aber nicht – fast bin ich überrascht – werfen sie keineswegs ebenfalls ins Grab, sondern halten sie vor sich, verharren so einige Sekunden und treten dann, jeweils zu Zweit, ab.

Der Pastor wirft das erste Schüppchen Erde nach unserem Vater, wir folgen widerstrebend. Ich versuche, den Blumenschmuck auf dem Sarg nicht zu treffen.

Der Geistliche kondoliert den Hinterbliebenen – was er bereits Tage vorher mit warmherziger Stimme von Mensch zu Mensch getan hat. Diesmal jedoch salbungsvoll in Pflichterfüllung.

Noch eine kurze Anstandspause – oder weiß er nicht, was er noch sagen soll? – und auch unser geistlicher Beistand entfernt sich, lässt uns allein und entschwindet Richtung Friedhofskapelle.

Endlich. Geschwisterlich umarmen wir uns, werden wieder wir selbst. Dann gehen wir Hand in Hand zum Parkplatz. Auch der Herr Pfarrer ist wieder Mensch geworden. Ohne Soutane, in normaler Zivilkleidung kommt er uns entgegen. Einfach nur noch Herr Schröder, von Beruf Pastor und Pfarrer der Gemeinde Burg an der Wupper.

„Ich könnte es auch mit der Post schicken, aber da Sie nun einmal hier sind…“, mit diesen Worten reicht er uns die Rechnungen der Kirchen- und Friedhofsverwaltung. – Das Leben hat uns wieder. Herr Schröder hat uns in unseren weltlichen Alltag zurückgeholt – und unseren Vater verscheucht. Erst als die beiden schwarzen Wagen abgefahren sind, ist er wieder bei uns.

Im Himmel

Ganz so hatte ich mir das nicht vorgestellt. Wie ein Stück totes Vieh werfen sie mich da in die Kiste. Dabei war ich das doch eben noch. Das hätten sie sich mit mir nie getraut. Obwohl, für die bin ich es ja eigentlich immer noch. Jedenfalls alles, was für die von mir noch existiert, haben sie da in die Kiste getan. Blut und Erbrochenes natürlich nicht. Und nun geht es die Treppe runter. Ach ja, schwarzes Auto mit Milchglasfenstern. Eigentlich ganz interessant so zuzusehen. Nichts tun zu müssen. Keinen Schmerz mehr zu empfinden – physisch meine ich. Psychisch muss man abwarten, wie sich das entwickelt. Ob ich mich überhaupt noch ärgern kann? Kommt mir im Augenblick nicht so vor.

Körperlich auf alle Fälle kein Vergleich zu vorher. So ohne Knie, ohne Rücken, ohne Kopf und Magen. Völlig ohne Schmerzen. Nicht einmal Phantomschmerzen. Gut, Wein gibt es natürlich auch nicht mehr und kein gutes Essen. Nehme ich wenigstens an.

Abwarten, Tee trinken – nein. Tee natürlich auch nicht.

Dass sie mich so rüde anpacken und einsargen ist mir schnurz. Anscheinend muss ich mich wirklich nicht mehr ärgern. Hätten mich auch verbrennen können. Aber dann komme ich ja nicht neben Betsy. Wollte ich doch unbedingt. À propos, wo ist die überhaupt? Müsste doch eigentlich hier auftauchen. Mir scheint, ich bin ganz allein da. Sehe wenigstens sonst niemanden wie mich. Natürlich die da unten am Leichenauto, aber hier bei mir niemand. Wo bin ich überhaupt? Eigentlich, wo ich immer war. Da fällt mir auf, eben war ich doch noch in meinem Krankenzimmer, hab zugesehen, wie sie mich einsargen. Nun auf einmal unten auf der Straße. Und wie bin ich runtergekommen? Im Grunde überhaupt nicht. Bin einfach da und schaue interessiert zu.

Blöder Beruf, den die haben. Wo sind eigentlich Gudrun und Martin? Wie die sich jetzt wohl fühlen, wo ich tot bin? Sind doch schließlich meine Kinder. Ob die auch so erleichtert sind wie ich? Ach da sind sie ja. In der Küche. Essen. Gut, dass ich das nie wieder muss. War zum Schluss ja auch schrecklich. Haben aber keinen Appetit, die beiden, scheint mir. Reden gar nicht. Wieso bin ich jetzt eigentlich in der Küche? Na ja, ist halt so. Und wo bin ich in der Küche? Schwer zu sagen. Stehe ich, wenn ja, wo? Sitze ich? Das bestimmt nicht, auf meinem Stuhl steht ein Tablett. Ich werde ja wohl nicht fliegen. Habe ich noch nie gekonnt. Wär ja auch noch schöner. Also entweder, ich schwebe oder ich bin gar nicht da. Irgendetwas dazwischen. Denn da bin ich. Merke ich ja. Aber schweben? Glaube ich nicht. Geht alles noch ein wenig über meine Vorstellungskraft. Ist ja auch noch so neu. Abwarten, T.. nein. Ich weiß. Keinen Tee. Hab ich immerhin schon gelernt. Das geht also auch weiter. Lebenslanges Lernen ... und dasselbe auch in Ewigkeit. Amen. Ach ja, stimmt überhaupt, den hab ich ja auch noch gar nicht gesehen. Hätte mich auch gewundert. Aber spannend wäre es gewesen. Schade eigentlich. Hätte mich gern mit ihm unterhalten. Aber ist wohl nicht. Na ja. Der andere wäre ja auch aufregend gewesen. Aber den hatte ich schon mal überhaupt nicht erwartet. Nicht weil ich ein so guter Mensch bin. Obwohl, bin ich wohl, glaube ich. Kann ich aber natürlich nicht einschätzen. Fehlen mir die Kriterien. Jedenfalls bisher. Aber Pferdefuß, Hörner, Schwefelgestank das war wirklich zu unglaubwürdig. – Übrigens, ich rieche gar nichts. Ist wohl kein Geruch hier in der Küche. Kein Wunder. Die essen ja Marmeladenbrot. Aber Kaffee müsste eigentlich ... – Mal sehen ob es oben bei mir noch nach Erbrochenem stinkt. Nee. Fehlanzeige. Rieche nix.

Obwohl noch keiner sauber gemacht hat. Liegt noch alles da wie eben. Unappetitlich. Dann lieber wieder Küche. Ist ja kein Problem. Muss mich ja nicht mehr die Treppe runterquälen. Die sind schon weg. Donnerwetter, sind die schnell. Kühlhaus oder gleich Friedhofskapelle? Sieht nach Kühlhaus aus. Interessiert mich nicht. Festlich zurechtmachen tun sie mich sicher später – ich meine, das da im Kühlfach. Hoppla, zeitlich geht das also auch. Sogar rückwärts. Ach ja. Weißes Spitzenhemd. Kenn ich gar nicht. Muss neu sein. Ist nicht von mir. So'n Quatsch. Spitzenhemd. Hat niemand was von – vom Bestatter einmal abgesehen. Den Sarg öffnet bestimmt keiner mehr, wenn ich erst drin bin – ich meine, wenn er drin ist, oder es. Vorsicht, nicht dran denken, sonst bin ich gleich mit drin. Will ich aber nicht.

Ob den Kindern das alles recht ist? Haben die sicher längst besprochen. Wann auch immer. Ach nein, sieh da! Wollen auch kein Spitzenhemd. Sehr vernünftig. Obwohl…, ach Quatsch. Einer der Dunkelmänner zeigt achselzuckend auf mein altes. Vollgekotzt. Klar. Aber Donnerwetter, meine sparsame Tochter. Holt doch wahrhaftig ein anderes Hemd aus der Tasche. Da haben sie sich aber geschnitten, diese Geschäftemacher. Aber das ist doch … Wahrhaftig, das von Weihnachten. So, so, mein Weihnachtshemd soll also dran glauben. Ausgerechnet. Ich glaube, ich spinne. Soll auf dem Friedhof mit mir vermodern – das heißt mit dem Stück totem Fleisch da in der Kiste. Würde doch Martin noch gut stehen. Etwas weit am Kragen, aber sonst…. Wirft doch sonst nix weg. Könnten mir – ich meine dem da – doch das alte Hemd wieder anziehen. Muss ja keiner dran riechen. Haben bestimmt nicht gesagt, dass das weg soll. Hat Mutti schon gekannt. Würde sie bestimmt gleich wiedererkennen – das heißt da unten natürlich nicht. Liegt da ja schon seit 20 Jahren. Ich meine, ihr Moder. Sie selbst ist ja wohl eher hier irgendwo.

Auch dem heiligen Geist einverleibt wie ich. Also wohl unsichtbar. Wie ich. Das heißt – mal sehen. Wo ist denn ein Spiegel? Ach ja, danke, stehe schon davor. Sehe mich aber nicht. Ist ja klar. Sonst hätten die mich ja auch gesehen – und geschrien, als ich in der Küche auftauchte.

Und nun Sargbesichtigung. Scheinen empört zu sein. Wollen offenbar keine Eiche. Fichte. Recht so. Und keine Messingbeschläge. Gut gebrüllt, Martin. Müssen mich – ich meine den da – wieder rausholen. Hat jetzt ein paar Blutflecken, das gute Eichenholz. Vermutlich noch Schlimmeres. Soll ja beim Sterben noch mehr tröpfeln als vorher schon. Nun gehen sie ins Lager.

Interessiert mich nicht weiter. Kann sowieso nichts ändern. Wozu auch? Ist mir ja alles so egal. Machen die außerdem ganz clever die beiden. Muss ich doch sagen. Na ja, schließlich meine Kinder. Wen wundert's?

Wo sind sie eigentlich jetzt schon wieder geblieben, die beiden? Vielleicht doch ein wenig traurig jetzt, so als Vollwaisen. Immerhin beide weit über 40.

Oh. Da sind sie schon. Das ging ja mal wieder schnell. Vielen Dank auch! Wirklich toller Service hier oben – oder wo bin ich? Wer macht das hier eigentlich alles? Liest meine Gedanken? Setzt sie um, schneller als ich denken kann. Gibt es ihn am Ende doch? Hat sich aber noch nicht blicken lassen. Der Filius auch nicht. Vielleicht ja alles eher Aufgabe des Spiritus Sanctus. Das würde einiges erklären. Bestimmt ist der auch unsichtbar. Wie ich. Vielleicht ist das überhaupt so einer wie ich. Wer weiß? Müsste dann aber wohl überall gleichzeitig sein. Vielleicht kein Problem für so einen. Vielleicht bin ich jetzt ja ein Teil von ihm. Wär bestimmt spannend. Nun mal ganz doll an den Chef des Ganzen denken. Vielleicht dass ich dann ja doch noch zu ihm komme. Aber nix. Der Junior genauso wenig. Vielleicht gerade jüngstes Gericht. Bliebe noch Smoky. Aber den sieht man ja sowieso nicht. Schade. Im Leben war ich immer froh, dass es die alle nicht gibt. Aber jetzt, warum eigentlich nicht? Fühle mich bestimmt auf die Dauer etwas allein hier.

Und die Enkelkinder? Schule. Beide auf dem Schulhof. Wäre toll gewesen früher. Einfach mal so reinschauen. Muss man aber erst tot für sein. Blöde eigentlich. Jetzt wo alles vorbei ist.

Die Beerdigung tät mich interessieren, obwohl ich Beerdigungen hasse. Aber meine eigene? Sollte ganz im Stillen sein. Hab ich so erbeten. Kein Klimbim von wegen Oberstudiendirektor a. D. – Und schon mal gar nicht Tante Jutta und den Zurmels. Käthe auch nicht. Steckt nur überall ihre spitze Nase rein. Würde sie kräftig rümpfen. „Fichtenholz". Könnte ja mal dran schnuppern. Ach schade, riecht sicher nicht mehr. Außerdem bestimmt tiefgefroren. Was red ich!

Noch ganz leer der kleine Waldfriedhof. Eigentlich schön hier, so allein. Bin wohl zu früh. Kann aber wohl nicht sein. Die irren sich ja nicht hier oben. Oder? Vielleicht doch nicht unfehlbar?
Nee, haben natürlich Recht. Der schwarze Wagen steht ja schon da. Der Leichenwagen ist schon geleert. Das Schwarzwild sitzt daneben. Rauchend.
Meine Reste sind wohl schon in der Friedhofskapelle. Unvermeidliche Durchgangsstation, um neben meine Frau zu kommen.
Da ist ja die Trauergemeinde. Toll. Wirklich nur die beiden. Und der Pfaffe. Natürlich. Geht ja nur mit klerikalem Reiseleiter. Erzählt gerade meinen Kindern mein Leben. Haben sie ihm wohl aufgeschrieben. Geistlicher Wiederkäuer.

Von Berufs wegen. Darf schließlich Gott auch nicht neu erfinden. Wo kämen wir da hin. Moses, Jesus und Mohammed, das reicht ja wohl. Ganz zu schweigen von denen im Osten, Buddha und so.

Hat trotzdem keine Ahnung. Interessant, wie der mein Leben umdichtet. Werde dauernd als Schwiegersohn des seligen Herrn Pastor gelobt. Stimmt zwar. Trotzdem reichlich irreführend. Müssten sie eigentlich protestieren. Dürfen sie aber nicht. Hier hat er das Sagen. Hausrecht. Gotteshausrecht. Zwischendurch immer wieder scheinheiliger Blick auf meinen Sarg. Meint wohl auch, ich wär da drin. Zu mir guckt er überhaupt nicht. Wenn nicht mal der weiß, wo ich bin, also …

Es reicht. Ich warte draußen.

Muss aber überhaupt nicht warten. Kommen schon raus. Die Geistlichkeit voraus. Frommer Blick nach oben. Dann nach unten. Will wohl nicht über die Soutane stolpern. Gemessener Dienstschritt. Dann ich – ich meine der Sarg mit dem was von mir übrig ist, ich meine da drin. Ob wohl noch alles da ist? Soll ja so viel Organhandel geben. Fänd ich gut. Aber in meinem Alter? Lohnt wohl nicht mehr. Würde ich auch keinem empfehlen können.

Bin unter einem schwarzen Tuch. Ich meine, der Sarg. Wohl wegen Fichte. Sechs Träger. Sechs Zylinder. Zwölf weiße Handschuhe. Ekeln sich wohl vor mir – meine, vor dem da drin. Tät ich auch.

Scheint mühsam zu sein für die. War wohl doch ziemlich dick. Sollen froh sein, dass es keine Eiche ist.

Sohn und Tochter Arm in Arm hinterher. Sonst keiner. Schluss. Haben sie sich wahrhaftig dran gehalten. Brav. Bin – ich meine war – ja doch wohl Respektsperson. Verwandtschaft wird beleidigt sein. Sicher nicht alle. Einige verstehen mich bestimmt. Macht also nix.

Hochwürden verlangsamt die Gangart. Blick jetzt wieder starr zu Gott hinauf – oder wo er ihn vermutet. Oder einfach aus beruflicher Gewohnheit. Oder will nach dem Wetter schauen. Hat vielleicht noch was vor. Kleiner Spaziergang. Bibel lesen im Freien, Kaffee im Garten mit Frau und Kindern. Weil heute so schöner blauer Himmel ist.

Ziemlich tief übrigens die Grube. Mein Sechszylinder bremst. Biegt rechts ab. Ganz vorsichtig. Drei Zylinder rechts, drei links. Soll ja keiner reinfallen. Ist ja schließlich mein Platz. Ich meine, seiner. Kurze andächtige Pause, dann meine Endlagerung – seine. – Mühsam, so langsam. Müssen sie wohl. Wie säh das denn auch aus. Können ja nicht einfach loslassen. Aber ich – ich meine der in dem Sarg – komme ohne umzukippen – hätte ich ja gelacht! – rein. Geschafft. Die sechs barmherzigen Brüder atmen sicher heimlich auf. – Fangen sogar an, sich auszuziehen. Erst mal die Handschuhe. Schmeißen sie einfach weg. Ex und hopp. Einfach in die Grube! Einfach auf mich – ich meine auf die Kiste von dem da unten. Ist doch kein Müllcontainer. Hoffentlich Baumwolle. Will nicht ewig unter weißem Synthetik liegen – ich meine der da. Und nun auch noch die Zylinder. Nicht zu glauben. Aber nein. Die setzen sie nur ab. Behalten sie in der Hand. Gucken für einen Weile in ihre Grube, so, wie sie meinen, dass man traurig guckt. Zählen sicher einmal bis 20. Treten ab. Zurück zum großen schwarzen Wagen. Auch Sechszylinder. Legen die Kutten ins Auto. Rauchen schon mal ein Zigarettchen. In Zivilkleidung. Warten wohl auf Löhnung.

Die anderen Drei stehen noch da. Machen ernste Gesichter. Oberhirte spricht Trost zu. Sind aber keine Schafe da. Habe den Eindruck, sie müssen sich das Lachen verkneifen. Nehmen das alles offenbar auch nicht so wirklich ernst. Recht so. Der Ernst ist ja vorbei. Ich meine, der des Lebens. Ich meine, für mich und natürlich den da unten, den sie jetzt mit Dreck beschmeißen. Hochwürden wirft den ersten Stein. Schwarz berußtes Kinderschüppchen. Zweitausend Jahre Showerfahrung.

Und alle machen mit. Ich meine, die beiden. Ich kann ja nicht. Gott sei Dank. Heiligkeit schaut heimlich auf die Kirchenuhr. Hat seine Schuldigkeit getan. Kann wohl gehen. Lässt die beiden allein am Grab. Wirft seine Dienstkleidung zu den anderen Umhängen ins Auto. Darf wieder Mensch werden. Geht jetzt auch wieder ganz normal. Schaut weder zum Himmel noch auf den Boden, sondern auf die beiden, die er eben als „liebe Trauergemeinde" angeredet hat und die jetzt als einzige noch schwarz gekleidet sind – seinetwegen. Bestimmt nicht wegen mir. Wissen, was ich davon halte. Geht ihnen entgegen, gibt ihnen Formulare. Ist ja schließlich nur ein Job. Nun reicht's. Tun mir etwas leid, die beiden, so allein mit dem Pastor. Und mit mir natürlich – ich meine mit dem da in dem Kasten. Dass ich dabei bin, ahnen sie ja nicht. Können mich ja nicht sehen.

Hätten mich auch ruhig verbrennen können, ich meine den da. Aber was soll's? Was geht mich das alles noch an? Und der da unten merkt sowieso nichts.

Ende

Anmerkungen

[1] Die Bezeichnung **Beatnik** wurde von Herb Caen vom San Francisco Chronicle für die Mitglieder der Beat Generation (Richtung der amerikanischen Literatur nach dem Zweiten Weltkrieg) erfunden. Der Name lehnt sich an den damals von der Sowjetunion ins All geschossenen Sputnik an. Symbole dieser Subkultur sind der Bebop, sowie Modern Jazz und das ständige Befassen mit Literatur, ein eng verwandter Begriff ist der des Hipsters. Quelle: *wikipedia.org/wiki/Beatnik*

[2] **Michael Buble: "Save The Last Dance For Me"** *
You can dance-every dance with the guy
Who gives you the eye, let him hold you tight
You can smile-every smile for the man
Who held your hand neath the pale moon light
But don't forget who's takin' you home
And in whose arms you're gonna be
So darlin' save the last dance for me

Oh I know that the music's fine
Like sparklin' wine, go and have your fun
Laugh and sing, but while we're apart
Don't give your heart to anyone
But don't forget who's takin' you home
And in whose arms you're gonna be
So darlin' save the last dance for me

Baby don't you know I love you so
Can't you feel it when we touch
I will never never let you go
I love you oh so much

You can dance, go and carry on
Till the night is gone
And it's time to go
If he asks if you're all alone
Can he walk you home, you must tell him no
'Cause don't forget who's taking you home
And in whose arms you're gonna be
Save the last dance for me

'Cause don't forget who's taking you home
And in whose arms you're gonna be
So darling, save the last dance for me
Save the last dance for me
Save the last dance for me.

Quelle: www.elyrics.net

[3] Häufiger **innerer Monolog von Donald Duck**, wenn er sich bemüht, seine Neigung zu unbeherrschten Reaktionen zu unterdrücken.

[4] **Calvaire**, Kalvarienberg, Kreuzigungsgruppe: Kreuz Jesu zwischen den Kreuzen zweier gleichzeitig gekreuzigter Verbrecher, besonders verbreitet in der Bretagne.

Vom gleichen Autor im gleichen Verlag erschienen:

Klosterbrut
Roman einer Zukunftsvision
ISBN 978-3-8370-8979-0 272 Seiten Preis 16,10€

Bei einer Schulungstagung in einem abgelegenen Kloster finden die
Teilnehmer anstelle eines Programms einen seltsamen Auftrag vor,
der ihr gesamtes Leben vollkommen verändern wird:
*„Vergessen Sie für diese Tage alles, was Sie auf der Universität an
Fachwissen gelernt haben. Nehmen Sie Urlaub von unseren
erstarrten Denksystemen. Lassen Sie Gedanken und Fantasien freien
Lauf. Erträumen Sie eine neue utopische Welt.*
Drei junge Unternehmensberater, die Psychologin Magda, der
Sonderschullehrer Daniel und der Mathematiker Joseph, wetteifern
daraufhin in ausgelassener Stimmung um die verrücktesten Ideen für
eine neue Gesellschaftsordnung. Plötzlich werden ihre Phantasien
ernst genommen...

Krimidinner
Kriminalroman
ISBN 978-3848219711   260 Seiten Preis 14,90€

Das hübsche Thaimädchen Linh folgt dem Mittelstandsbürger Klaus
Anton Imgen nach Deutschland, um ein neues, glücklicheres Leben
zu beginnen.
Doch schon bald verzweifelt sie an der Armseligkeit ihres trostlosen
Ehelebens an der Seite des unattraktiven, ödipalen Ehemanns und
möchte ihr entfliehen.
Die Situation ändert sich dramatisch, als sie einen neuen Liebhaber
findet und ihr Ehemann Opfer eines Sexualmordes wird: An die
Pfosten seines Ehebetts gebunden wird er tot aufgefunden.
Trotz eines sicheren Alibis wird Linh des Mordes verdächtigt ...

Ferner in der Reihe ,Bordesholmer Edition' erschienen:

Bd. 1: Das Grab auf der Insel
Der erste Bordesholmkrimi
von Jürgen Baasch, Lydia Glaubke, Charlotte Günther,
Ines Reich und Hartmut Wiedling
ISBN 978-3844800067   172 Seiten   Preis 9,90€

Bd. 2: De Borsholmer Jedemann
Hugo v. Hofmannsthal sien Stück,
in`t Plattdüütsche sett vun Jürgen Baasch
ISBN 978-3848218066   128 Seiten   Preis 8,90€

Bd. 3: Das Licht
und andere Erzählungen
von Jürgen Baasch, Kirsten Frahm,
Viktor Vogt und Hartmut Wiedling
ISBN 978-3848227112   136 Seiten   Preis 8,90€

Bd. 5: Schmalsteder Beifang
Der zweite Bordesholmkrimi
von Jürgen Baasch, Sivia Biener, Charlotte Günther,
Diana Kühl und Hartmut Wiedling
ISBN 978-3-8482-2419-7   164 Seiten   Preis 9,90€

Bd. 6: Murmelspiel und Schabernack
Alltagsgeschichten aus unserer Nachkriegskinderzeit
Biografische Reihe, Hrsg. Jürgen Baasch
ISBN 978-3848241415   168 Seiten   Preis 10,90€

Bd. 7: Biografische Splitter
Biografische Reihe, Hrsg. Jürgen Baasch und Elmer Schmidt
ISBN 978-3732230983   138 Seiten   Preis 9,90€

Bordesholmer Edition
eine Reihe für Autoren von Bordesholm und Umgebung
Herausgeber: J.Baasch und H.Wiedling, Bordesholm
bordesholmer.edition@yahoo.de

Herstellung und Verlag:
BoD – Books on Demand, Norderstedt
ISBN 978-3-8423-4211-8